子

上

一

春は、夜明けが好き。次第に白んでくる山際の空が少し明るくなって、紫がかった雲が細くたなびいているのが。

夏ならば、夜。月が出る頃であれば、もちろんのこと。闇夜でも蛍がたくさん飛びかっているのがよいし、また、わずか一匹二匹ほど、ほのかに光って飛んでゆくのも素敵。雨など降るのも素敵。

秋は、夕暮れが。夕日がさして山の稜線《りようせん》に近づいてきた時に、烏《からす》がねぐらへ行こうとして、三羽四羽、二羽三羽などと飛び急ぐのも、心に沁《し》みるものです。まして列をなして飛ぶ雁《かり》などがほんの小さく見えるのは、とても素敵。日がすっかり沈んでからの、風の音や虫の声なども、やはり言い表しようがありません。

冬は、早朝。雪が降っていると、言葉にならないほど。真白の霜も、そうでなくともたいそう寒い時、火など急いでおこして炭火を配り歩くのも、とても冬の朝らしいものです。昼になって、ほの暖かく寒さがゆるみゆけば、火鉢の火も白い灰ばかりになって、嫌い。

二

季節は、正月、三月、四月、五月、七、八、九月、十一、二月、全てその時々なりに、一年中面白いことです。

三

正月一日《ついたち》は、特別。空の景色もうららかに、霞《かすみ》が見事にたちこめる中、あらゆる人が皆、姿かたちを念入りに整えて、主君をも自らをも寿《ことほ》いだりするのは、普段とは違って素晴らしいものです。

七日、雪間にのぞく若菜を摘めば目にも青々と映り、普段はそのような若菜など見慣れていない宮中で喜び騒ぐ様子が面白いのです。宮中の白馬《あおうま》*見物にと、里にいる者達は、車**をきれいに飾りたてて見に行きます。待賢門《たいけんもん》の敷居を通過する時、揺れた拍子に乗る者の頭がひとところに集まり、髪にさしていた櫛《くし》が落ちて、うっかりと折ったりして笑うのもまた、おかしいものです。建春門《けんしゅんもん》にある左衛門府《さえもんふ》の詰所のあたりには殿上人《てんじょうびと》***がたくさん立っていて、舎人《とねり》の弓を奪って馬達を驚かせて笑っているのですが、門の中をちらりと覗《のぞ》いてみれば、目隠しの衝立《ついた》てなどが見えるところに、主殿司《とのもりづかさ》や女官《にょうかん》などが行き来している様が、いかにも素敵。いったいどんな人が、宮中で堂々と振るまえるのかしらと思われます。宮中が見えるのはごく狭い範囲で、舎人の顔の地肌もあらわに見えると本当に黒くて、お白粉《しろい》がゆきとどかない所は、雪がむらになって消え残っているようでひどく見苦しいもの。馬が興奮して騒いだりするのもとても恐ろしく見えるので、つい車の奥に入ってしまい、充分に見ることができません。

八日、人が加階《かかい》の御礼を申し上げるために走らせる車の音が、いつもと違って聞こえて素敵。

十五日、望《もち》の日の粥《かゆ》を帝《みかど》に差し上げ、お据えします。また粥の木****を隠し持ち、家の

*　正月七日に白馬を見ると邪気を除くとされ、宮中で白馬の天覧があった。

**　この時代の車とは、牛が引く牛車《ぎっしゃ》のこと。

***　帝の昼の御座所である清涼殿《せいりょうでん》の殿上の間に上がることを許されている、五位以上の貴族。

****　望の日の粥を炊いた木で女の尻を打つと子宝に恵まれるとされた。

古株から若手までの女房が隙をうかがっている中、お尻を打たれまいと注意してずっと後ろを気にしている様子もとてもおかしいのに、どうまくしたのか、見事打ち当てるのがとても面白くて笑う様子は、たいそう華やかなものです。まんまと打たれていまいましく思うのも、当然のことでしょう。

新しく通って来るようになった婿君が、姫君の屋敷から宮中へ参内《さんだい》する時を、邸内で「我こそは」という自信を持つ女房が待ち構えて覗き、打つ気まんまんで奥の方にずっと立っている様子に、姫君の前に座っている女房が気づいて笑うのを「静かに」と手で制するのだけれど、姫君はまた気づかない顔で、おっとりと座っていらっしゃいます。女房が「ここにある物を取りましょう」などと言いながら近寄って、走って姫君のお尻を打って逃げれば、そこにいる者は皆、大笑い。婿君も、まんざらでもない様子で微笑《ほほえ》んでいるのに、姫君は特に驚いた様子もなく、顔を少し赤らめて座っているのも、よい風情《ふぜい》です。また女房同士も互いに打ち合い、男性までをも打つのですって。いったいどんなつもりなのでしょうか、泣いたり腹を立てたり、人を呪い、不吉なことを言う人もいるというのが、面白いこと。宮中あたりのやんごとない所でも、今日は皆、遠慮なく乱れ騒ぐのです。

除目《じもく》*の頃など、宮中あたりは活気に満ちています。雪が降ってひどく凍っている時に、任官の申請文を持って歩く四位や五位の人達の、若さあふれて爽快な姿は、いか

（前行頭：にも頼もしいのです。老いて頭が白くなった人が取り次ぎを頼み、女房の局《つぼね》などに寄って）に寄って、自分の優れた点などを一心に説明して聞かせている様子を、若い女房達は真似《まね》して笑っているけれど、それは本人には知るよしもありません。「どうぞ主上によろしく申し上げて下さい。皇后様にもお願い申し上げます」などと言って、望みの官職を得られれば誠に結構だけれど、得られない時は目もあてられないことです。

四

三月三日のお節供《せっく》は、うららかにのんびりと日が照っているとよいものです。桃の花は、まさに咲き始め。柳などが美しいのはもちろんのこと、それもまだ新芽が繭のようにこもっているのがよいのであって、広がってしまうと、嫌な感じに見えるのです。

華やかに咲いた桜の枝を長めに折って、大きな花瓶に挿したのこそ、素晴らしいも

＊官吏の人事異動が発表される行事。

のでしょう。桜の襲《かさね》の直衣《のうし》、その下から袿《うちき》の裾を出す着こなしで、それが客人であってもご兄弟の方々であっても、桜の近くに座ってお話などされている様に、うっとりするのです。

五

四月の賀茂《かも》祭の頃は、とても素敵。上達部《かんだちめ》*や殿上人《てんじょうびと》も、袍《ほう》の色が濃いか薄いかくらいの違いで、白襲《しらがさね》も揃《そろ》いの様子が、涼しげで美しいのです。木々の葉は、まだそれほど鬱蒼《うっそう》とはしておらず、あたり一面が青々と若やいでいる様子。春の霞《かすみ》とも秋の霧とも無縁の空に、何やら無性に浮き立つ心地がする頃、少し曇ってきた夕方や夜など、「空耳かしら」と思えるくらい遠くに忍び鳴くほととぎすの、まだたどたどしい声を初めて耳にしたら、どれだけ気分が湧き立つことでしょう。

祭の日が近づいてくると、青朽葉《あおくちば》、二藍《ふたあい》など晴着用の反物をしっかり巻いて、紙などで形だけ包んで持って歩く人が行き違うのも、よい風情《ふぜい》です。ぼかし染、むら染なども、いつもより素敵に見えるもの。

髪だけを洗い整えた小間使いの女童《めのわらわ》は、身なりはすっかりほころび乱れている者も

いるけれど、履子《けいし》や沓《くつ》を持って、

「鼻緒をすげてちょうだい」

「裏を張ってちょうだい」

などと騒ぎ、早くお祭の日にならないかしらと、準備に動き回るのも、面白いのです。

おてんばに動き回っている女童達も、祭の日に衣装をつけて着飾れば、法会《ほうえ》の時に行列を先導する定者《じょうざ》などという法師のように、堂々と練り歩きます。女童のことが気になって仕方ないのでしょう、それぞれの分相応に、母親や叔母《おば》、姉などがお供をし、世話をやきながら連れて歩くのも、微笑《ほほえ》ましいものです。

また、帝《みかど》のお側《そば》にお仕えする蔵人《くろうど》になりたいと思い詰めていながらすぐにはなれそうにない人が、この日に限って許される蔵人の青色の袍**を身につけた姿には、そのまま脱がせないであげたいような気がします。本物の蔵人と同じ綾《あや》織物でないのが、駄目だけれど。

＊　三位《さんみ》以上の貴族。公卿《くぎょう》。
＊＊　帝のお側仕え役である蔵人は、天皇の袍の色で禁色の一つである青色（黄緑色に近い。「麹《きく》塵《じん》」とも）の袍を着用する。清少納言は、大の「青色の袍」贔屓《びいき》。

六

同じ言葉であっても、聞いた感じは違ってくるもの。
お坊さんの言葉。
男の言葉。
女の言葉。
身分が低い者の言葉には、いつも余計な一言がついてくる……。

七

愛する子供を僧にした親というのは、いたわしいものです。世間の人が、僧をまるで木っ端《こぱ》か何かのように思っているのが、お気の毒。ちっとも美味《おい》しくない精進物を食べて床に就くにしても、若い人には好奇心もありましょう、女性がいる場所を避けるように全く覗《のぞ》かずにいるなど、できるわけはありません。が、人はそんなことにも文句をつけるのです。

まして修験道の験者《げんじゃ》などは、ひどくつらそうです。疲れてうとうとすれば、「居眠りばかりして」と非難されてしまうのです。のびのびできずに、どんなことを思うやら。

とはいえこれは昔のお話のようで、今はずっと気楽そうなのでした。

八

中宮職《しき》の三等官である大進《だいじん》の平生昌《たいらのなりまさ》の家に中宮様が行啓《ぎょうけい》*なさるということで、東の門を四本柱のものに造り直し、そこから中宮様の御輿《みこし》はお入りになられました。女房の車は、「まだ門衛もいないから」と北の門から入ろうとしたのですが、髪が乱れたままの人もたいして整えることなく、「どうせ建物に車を寄せて降りるのだし」と、あなどっていたのです。ところが檳榔毛《びろうげ》の車などは門が小さいのでつかえて入ること

＊清少納言が女房として支える、一条天皇の中宮・定子。この頃、定子の父で関白だった藤原道隆《みちたか》の死により、定子の兄・伊周《これちか》と、定子の叔父《おじ》・道長《みちなが》の権力争いが激化。道長が自身の娘を帝に強硬に入内《じゅだい》させようとしている時、伊周は失脚する。定子は懐妊中であったが、出産に備え退出すべき実家が火事で焼失していたため、平生昌の家に退出した。

ができず、例によって筵道《むしろみち》を敷いて車から降りることになってしまいました。たいそう気に食わず腹立たしかったけれど、どうすることもできません。殿上人《てんじょうびと》も、地下《じげ》達も、陣屋の近くに立ち並んでこちらを眺めているのが、しゃくにさわることといったら。

中宮様の御前《おまえ》に参上し、そのことを申し上げれば、

「ここでだって、人が見ないとは限りませんよ。どうしてそんなに油断したのかしら」

と、お笑いになります。

「けれど、むさくるしい姿は皆さん見慣れたことでございますから。私達がきちんと身支度をしていたら、かえって驚く方もありましょう。それにしても、これほどの家に、車が入らない門があるものでしょうか。生昌が来たら笑ってやります」

などと言っているちょうどその時、

「こちらをお召し上がりください」

と硯蓋《すずりぶた》に載せた菓子などを、生昌が御簾《みす》の下から差し入れてきました。

「まあ、ずいぶん悪いところにいらっしゃいましたね。どうしてあの門はまた、狭く造ってお住まいなのですか?」

と言えば、生昌は笑って、

「家の程、身の程に合わせているのです」

と答えます。

「だけれど、門だけを高く造る人＊もいたということですよ」

と言えば、

「いやはや恐れ入った」

と生昌は驚いて、

「それは于定国《うていこく》の故事でございますね。古株の進士などでなければ、うかがってもわかりそうにもないことですなぁ。私はたまたま学問の道に進んだものですから、それくらいのことだけは、かろうじてわかるのですが」

と言います。

「その御〝道〟も、たいしたことはないのでしょうね。筵道を敷いたけれど、皆窪《くぼ》みにはまって大騒ぎでしたよ」

と言えば、

「雨が降っておりましたから、そうなってしまったのでしょう。まあまあ、また文句が出るかもしれませんから、私は退散いたしましょう」

＊「門だけを高く造る人」　前漢の于公《うこう》は、門を高く造れば子孫は出世し、高い車が出入りするようになろう、と予言。その子・于定国は丞相となった。

と、去っていったのでした。

中宮様は、

「何事なの？　生昌がひどく怖がっていたのは」

とお尋ねになりますので、

「何でもないのです。車が門から入らなかったことを言っていました」

と申し上げて、私も局《つぼね》に下がりました。同じ局に住む若い女房達と一緒に、何も考えずに、眠たかったので皆、寝てしまったのです。

そこは東の対屋《たいのや》の、西の廂《ひさし》の間《ま》で、北に続いているのですが、北の障子にはかけがねもありませんでした。しかしそのことを尋ねることもなく寝ていると、勝手知ったる家主の生昌は、障子を開けてしまったのです。変にしゃがれておどおどした声で、

「うかがってもよろしいでしょうか、よろしいでしょうか」

と何回も言う声に目が覚めて見れば、几帳《きちょう》の後ろに立ててある灯台《とうだい》の火が、あらわに照らしています。障子を五寸ほど開けて言っているのであり、その可笑《おか》しいことといったらありません。こんな色めいたふるまいは決してしない生昌なのに、中宮様が我が家にいらっしゃったと舞い上がって、すっかり羽目を外してしまったのだろうと思うと、もう面白くって。

近くに寝ている女房をゆり起こし、

「あそこを見て。あんな珍しい人がいるようよ」

と言うと、頭をもたげて見て、大笑いです。

「あれは誰？　丸見えなのに」

と女房が言えば、

「いやいや、この家の主《あるじ》として、ご相談申したいことがあるのでございます」

と、生昌。

「門のことは申し上げましたが、『障子をお開け下さい』などとは申しておりませんよ」

と言うと、

「ですから、そのことお話しいたしましょう。そちらにうかがってもよろしいでしょうか、よろしいでしょうか」

と応じます。

「みっともないといったらないわ。入ってよいはずがあるものですか」

と女房達が笑えば、

「お若い方もおいでだったのですね」

と、障子を閉じて行ってしまったので、その後はもう大笑いです。開けるのならばそのまま入ればいいのに、都合を訊《たず》ねられたら誰が「どうぞ」と言うものかしらと思うと、全く滑稽なのでした。

早朝、中宮様の御前に参上して申し上げると、

「そんな人とは聞いていなかったのにねぇ。昨夜の門のことに感心して、行ったのでしょう。やれやれ、あの者にばつの悪い思いをさせることを言ったのね、可哀想に」

と、お笑いになりました。

中宮様が、姫宮*お付きの童女《わらわめ》の装束を作らせるようにとお命じになって、

「この袙《あこめ》の〝うわっぱり〟は、何色にいたさせましょうか」

と生昌が申し上げるのを、女房達が「うわっぱりって……」と笑うのも、もっともなことです。

「姫宮の御食膳は、普通のものでは、大きすぎて不格好でございますね。〝ちうせい〟**折敷《おしき》に、〝ちうせい〟高坏《たかつき》などが、よろしゅうございましょう」

と生昌が申し上げるのに、

「それでこそ、〝うわっぱり〟を着た童女も、お運びしやすいことでしょうね」

と私が言うと、

「まあまあ、世間の人と同じようにそんな風にこの者を嗤《わら》いものにしないであげて。とても真面目にしてくれているのだから」

とご同情なさるのも、中宮様の素晴らしさなのです。

これといって用事が無い時、

「大進が、ぜひお話を申し上げたいと言っております」

と取り次ぎの者が言うのをお聞きになった中宮様が、

「またどんな変なことを言って、嗤われようというのかしら」

とおっしゃられるのも、また愉快。

「行って聞いていらっしゃい」

とおっしゃるので、わざわざ出ると、

「先の夜の門のことを兄の中納言に話しましたところ、たいそう感心されて、『どうか、適当な折にゆっくりとお会いして、お話ししたい』と申しておられました」

とのことで、他には特に話はありません。

忍んできたことを言ってみようかしらとわくわくしたけれど、

「また、ゆっくりとお部屋にうかがいましょう」

と去っていったので御前に戻れば、

「それで、どんな用事だったの？」

とおっしゃいます。これこれとご報告し、

＊一条天皇と定子の間に生まれた第一皇女・脩子。この時四歳。
＊＊「小さい」を訛って言う生昌。「うわっぱり」は、袙の上に着る汗衫《かざみ》のことを言ったつもり。

「わざわざ取り次がせて呼び出すことではないわね。たまたま端近《はしぢか》や自分の部屋などにいるような時を見計らって、言えばいいのに」

と女房が笑えば、

「彼にとって賢いと思える人が褒めたということを、あなたも嬉《うれ》しく思うだろうと考えて、話して聞かせたのでしょう」

とおっしゃる中宮様の御様子も、実にご立派だったのです。

九

帝《みかど》のお側《そば》にお仕えする〝御猫〟は、五位に叙せられ、「命婦《みようぶ》さん」と名付けられていります。とても可愛らしくて帝も大切にしていらっしゃるのですが、端近《はしぢか》に出ているので、猫のお世話係である馬の命婦が、

「あら、お行儀が悪い。中にお入りなさいな」

と呼びますが、それでも日が差し込んでいるところでじっと寝ているのです。驚かそうと、

「翁丸《おきなまろ》、どこ？　命婦さんにかみついておしまい」

と言えば、愚かな犬が本気にしてとびかかったので、猫はひどく怯《おび》えて、御簾《みす》の中に入ってしまいました。

朝食の部屋にいらっしゃる時に帝はこれをご覧になって、たいそう驚かれました。猫を懐にお入れになって、男達をお呼びになると、蔵人《くろうど》の忠隆《ただたか》などが参上したので、

「この翁丸を叩《たた》いてこらしめて、犬島へやってしまえ、今すぐに」

とおっしゃれば、男達は集まって大騒ぎで捕まえようとします。馬の命婦のこともお咎《とが》めになって、

「世話係を替えよう。おちおち任せられない」

とおっしゃるので、馬の命婦は御前《おまえ》にも出てきません。犬は捕えられ、滝口《たきぐち》の武士などによって、追放されてしまいました。

私達は、

「可哀想に、あんなに堂々と歩き回っていたというのに。三月三日のお節供《せっく》に、頭《とう》の弁《べん》の行成《ゆきなり》様が柳の髪飾りや桃の花を翁丸の頭につけさせて、腰には桜を飾らせて歩かせた時は、このような目に遭おうとは思わなかったでしょうね」

などと同情していました。そして、

「中宮様のお食事の時は、必ずこちらを向いておこぼれを待っていたのに、寂しいことですね」

などと話してから、三、四日ほど後のこと。お昼頃、犬がひどく鳴く声がしたので、「どんな犬がこのようにいつまでも鳴いているのかしら」と聞いていると、たくさんの犬が様子を見ようと走って行きます。

厠《かわや》の掃除係という者が走って来て、

「ああ、ひどい。犬を蔵人が二人がかりで打っておられるのです。死んでしまうでしょう。犬島送りにしたのに戻ってきたと、こらしめておられます」

と言います。嫌な予感……、翁丸でしょう。「忠隆、実房《さねふさ》などが乱暴している」ということなので、止めに行かせるうち、ようやく鳴きやみました。

「死んだので、近衛《このえ》の陣屋の外に投げ捨てました」

ということを聞き、気の毒に思ったりなどしていた夕方頃。全身ひどく腫れ上がらせたみすぼらしい犬が、苦しそうによろよろと歩いていたので、

「翁丸かしら。翁丸以外に今、こんな犬が歩いていやしないわね？」

と言い、

「翁丸」

と呼んだけれど、聞いていません。「翁丸だ」「いや違う」と口々に言えば、中宮様は、

「右近《うこん》なら見分けがつくでしょう。呼びなさい」

とお召しになり、参上した右近に、

「これは翁丸なの？」

とお見せになりました。

「似てはおりますが、これはひどすぎるようでございます。それに、『翁丸』とさえ言えば喜んで来たものでしたのに、呼んでも寄り付きません。違う犬でございましょう。翁丸は、打ち殺して捨てたという話です。二人がかりで乱暴したなら、生きてはいられますまい」

などと右近は申し上げたので、中宮様は心をお痛めになるのです。

暗くなってから物をあげても食べなかったので、違う犬だったということで話は落ち着き、その翌早朝のこと。御整髪や御手水《みちょうず》など済まされた中宮様が、御鏡などを私にお持たせになってご覧になっていたところ、犬が柱の下に座っているのが目に入りました。

「ああ、昨日は翁丸にひどいことをしたものよ。死んでしまったなんて、本当に可哀想に。次は何に生まれ変わるのかしら。どんなにやるせない気持ちだったかしら……」

とつぶやくと、その犬がぶるぶる体を震わせて、涙をとめどなく流すものだから、驚きました。さてはやはり翁丸だったのか、夕べはじっと隠れていたのだろうと思うと、可哀想なだけでなく、この上なく可愛くも思われるのです。

御鏡を置いて、

「では、翁丸なのね？」

と言うと、身を低くして激しく鳴きます。中宮様も笑顔になられ、右近の内侍《ないし》をお呼びになって「こうだったのよ」とおっしゃれば、皆が笑いさざめきました。帝も騒ぎを耳にされて、こちらにお渡り遊ばし、

「驚いたなぁ。犬なんかにも、そのような心があるものなのだね」

と、お笑いになります。

帝付きの女房達も、話を聞いて集まってきて翁丸を呼ぶと、今度は立ち上がって歩くのです。

「やはり、この顔などの腫れているところの手当をさせなくては」

と言ったところ、

「とうとうこれが翁丸だということがわかったわね」

などと女房が笑うのを最初に犬を捕まえた忠隆が聞いて、台盤所《だいばんどころ》の方から、

「そういうことでございますか。そいつを拝見しましょう」

と言います。

「まあ、恐ろしい。そのようなものは一切いませんよ」

と言わせれば、

「とは言っても、見つける時もきましょう。そうは隠しておけますまい」

と、忠隆は言うのでした。

その後、お咎めも解けて、翁丸は元のようになりました。なんといっても、憐《あわ》れみをかけられて身を震わせて鳴きだした時の様子は、またとないほど素晴らしく、心に沁《し》みたことでした。

人間であれば、人に何か言われて泣いたりすることもあるでしょうけれど……。

一〇

正月一日、三月三日は、穏やかに晴れるのが。

五月五日は、日がな曇っているのが。

七月七日は、曇り続けた後の夕方に晴れた空に月が明るく輝き、星がたくさん見えるのが、素敵。

九月九日は、夜明け前から雨が少し降って、菊の露もしたたるほど着せ綿*などもたっぷり濡《ぬ》れ、花の移り香も引き立って、早朝に雨が止《や》んでも雲は晴れず、ややもすれば降り出しそうに見えるのも、素敵。

一一

任官の御礼を帝《みかど》に申し上げる姿は、素晴らしいものです。裾を長く引いて、帝の方を向いて立つ姿の見事さ。そしてお辞儀をして拝舞し、立ち動く姿といったら……。

一二

仮の内裏《だいり》である一条院の東を、北の陣と言います。はるかに高い梨の木について、

「どれくらいの高さかしら」

などと言っていると、権中将《ごんのちゅうじょう》の源成信《みなもとのなりのぶ》様は、

「根元から切って、定澄僧都《じょうちょうそうず》の枝扇にしたいものだなぁ」

とおっしゃっていました。定澄僧都が山階寺《やましなでら》の別当《べっとう》になった御礼を帝《みかど》に奏上する日に、近衛《このえ》の役人として権中将が出てこられたのですが、その時は背の高い僧都が高い

屐子《けいし》まで履いているので、恐ろしいほどの高さに。僧都が退出した後、

「どうしてその枝扇を持たせなかったのですか」

と言うと、

「よく覚えているね」

と、権中将はお笑いになるのでした。

「定澄僧都に袿《うちき》なし、すくせ君に衵《あこめ》なし」*とは、うまいことを言う人がいたものです。

一三

山は　小倉《おぐら》山、鹿背《かせ》山、三笠《みかさ》山。このくれ山、いりたちの山、忘れずの山、末の松山。
方去り山は、「どういうこと？」と、面白いものです。

＊Ｐ35「着せ綿」九月八日の夜、菊に綿を被せその露を移し、翌日の重陽の節句にその綿で身体を払い長寿を願った。
＊丈の長い袿も長身の定澄僧都には役立たず、短身の〝すくせ君〟に合うほどの衵（袿より丈が短い）は無い、の意か。

五幡山《いつはた》、帰山《かえる》、後瀬《のちせ》の山。

朝倉山は、「よそに見る」*のが素敵。

大比礼山《おおひれ》も、素敵。石清水八幡《いわしみずはちまん》の臨時の祭の舞人《まいびと》などが、思い出されるのです。

三輪の山も素敵。

手向山《たむけ》、待兼山《まちかね》、たまさか山、耳成山《みみなし》。

一四

市《いち》は　辰《たつ》の市。里《さと》の市。海柘榴市《つばいち》。大和《やまと》にたくさん市がある中でも、長谷《はせ》に参詣する人が必ずそこに泊まるのは、観音様のご縁があるからかと思うと、格別な感じがするものです。

おふさの市。飾磨《しかま》の市。飛鳥《あすか》の市。

一五

峰は　ゆづるはの峰。阿弥陀《あみだ》の峰。弥高《いやたか》の峰。

一六

原は　瓶《みか》の原、朝《あした》の原、園《その》原。

一七

淵《ふち》は　賢《かしこ》淵は、「どれほど奥底の心を見抜いてそんな名前をつけたのかしら」と思えて素敵。勿入淵《ないりそのふち》は、誰に、どんな人が「入るな」と教えたのでしょう。青色の淵こそ、素敵。蔵人《くろうど》などの装束にできそうだから。隠れの淵。稲《いな》淵。

＊「昔見し人をぞ我はよそに見し朝倉山の雲のはるかに」（古今六帖、拾遺集）

一八

海は　湖、与謝《よさ》の海、かわふちの海。

一九

陵《みささぎ》は　小栗栖《おぐるす》の陵、柏木《かしわぎ》の陵、あめの陵。

二〇

渡《わたり》は　しかすがの渡、こりずまの渡、水はしの渡。

二一

たちは　たまつくり。

二二

家は　近衛《このえ》の御門《みかど》、二条、みかい、*一条院もすばらしいものです。
染殿宮《そめどののみや》、清和院《せかい》、菅原《すがわら》の院。
冷泉院《れいぜい》、閑院《かん》、朱雀院《すざく》。
小野宮《おのの》、紅梅《こ》、県《あがた》の井戸。
竹三条、小八条、小一条。

二三

清涼殿《せいりようでん》の東北の隅の、北側の仕切りになっている障子には、荒海や、手長・足長な

＊不明。「二条宮居《みやい》」とする説もある。

どという恐ろしげな生き物が描いてあります。弘徽殿《こきでん》の上《うえ》の御局《みつぼね》の戸を押し開けると、その絵がいつも目に入ってくるのが、しゃくにさわったりして笑うのです。

高欄《こうらん》のところに据えた大きな青磁《せいじ》の瓶《かめ》にたくさん挿してある、五尺ほどの見事な枝ぶりの桜が高欄の外まで咲きこぼれている、お昼頃。大納言の伊周《これちか》様*が、少し柔らかに着ならした桜の直衣《のうし》に濃い紫の固紋《かたもん》の指貫袴《さしぬきはかま》をはき、白い単衣《ひとえ》を重ね、上には実に鮮やかな濃い紅の綾織《あやおり》を出《い》だし衣《ぎぬ》にして参内《さんだい》されました。帝《みかど》が中宮様のお部屋においでになっているので、伊周様は遠慮され、戸口の前にある細い板敷にお座りになって、お話などなさっています。

御簾《みす》の内では、女房達が桜襲《さくらがさね》の唐衣《からぎぬ》などをゆったりとすべらせてはおり、小半蔀《こはじとみ》の下からは藤襲《ふじがさね》、山吹襲《やまぶきがさね》など、色とりどりの袖口がこぼれている頃、昼の御座所には、お膳をお運びする足音が響いています。先払いの者などの、

「おーしー」

という声が聞こえてきて、うららとのどかな春の日の様などが、とても素敵。最後のお膳を持った蔵人《くろうど》がやってきて、食事の準備が整ったことを申し上げると、中の戸から帝はお入りになります。お供として廂《ひさし》の間《ま》から伊周様がお送りに行かれ、さきほどの桜の花のところに戻って、お座りになりました。

中宮様が御前《おまえ》の几帳《きちょう》を動かして、長押《なげし》の方へとお出ましになるなど、何がどうとい

うこともなくただ素晴らしいご様子に、お仕えする者も晴れやかな気持ちになったところに、

「月も日もかはりゆけどもひさにふる三室《みむろ》の山の……**」

という古歌を、伊周様がたいそうゆったりと歌い出されたのが本当に素晴らしく思われて、千年もこのままであり続けていただきたいご様子なのです。

お給仕を務める女房が、お膳を下げる男の人達を呼んでいる間に、帝はこちらにおいでになりました。

「御硯《すずり》の墨をおすりなさい」

と中宮様がおっしゃるのですが、こちらの視線は硯から離れ、ただお二方のお姿ばかり見てしまうので、墨挟みの継ぎ目もはずしてしまいそうです。

白い色紙を畳んで、

「これに、今すぐ思い浮かんだ古い歌を一つずつ書いて」

と中宮様はおっしゃいます。外に座っておられる伊周様に、

「これは、どうしたら……」

＊中宮定子の兄。本段は伊周の失脚前、道隆《みちたか》家全盛期の頃の回想。定子はこの時十八歳、一条帝十五歳。
＊＊万葉集の歌とされる。「とつ宮どころ」と続く。一族の繁栄に対する満足感から口をついた。

と申し上げると、

「早く書いて、お出しなさい。男が口を出すべきではありませんからね」

と、紙をお返しになりました。

中宮様が御硯をお渡しくださって、

「早く早く。そんなに深く考えないで、『難波津《なにわづ》』でも何でも、ふと頭に浮かんだ歌を」

とお責めになるのですが、どうしてそんなに気おくれしたのでしょう、まったく顔さえ赤くなって、途方に暮れてしまって……。

春の歌、花の心についてなど、そうはいいながらも上臈《じようろう》女房が二つ三つくらい書いてから、「ここにお書きなさい」ということで、

年ふればよはひは老いぬしかはあれど花をし見ればもの思ひもなし

（月日経《た》ち齢《よわい》は老いた身なれども花さえ見れば思い悩まず）

という歌の〝花をし見れば〟を、〝君をし見れば〟と書き替えました。中宮様は他の歌と見比べられて、

「ただ、あなた達がどのような歌を思いつくかを、知りたかったのですよ」

とおっしゃるついでに、

「円融院《えんゆういん》の御代《みよ》に、『この草子《そうし》に歌を一つ書け』と殿上人《てんじようびと》にお命じになった時、ひど

く書きにくいと、辞退申し上げる人々があったのだけれど、『もう字の上手下手も、歌が時候に合うかどうかも、全く気にしないから』とおっしゃったので、悩みながらも皆が書いた中で、今の関白殿が*三位中将《さんみのちゅうじょう》と申し上げた頃、

しほの満《み》ついつもの浦のいつもいつも君をば深く思ふはやわが

（君思う胸の潮《うしお》はいつもいつもいつもの浦のように満ちゆく）

という歌の〝思ふはやわが〟を、〝たのむはやわが〟とお書きになったのを、たいへんにお褒めになったのだそうですよ」

とおっしゃったので、むやみに冷や汗がしたたる心地がしたのでした。とはいえ若い人には、そうは書けないものなのかしら、などとも思います。普段はとても上手に書く人も、どうにも皆さん気おくれがして、書き損じたりしたようなのです。

中宮様は、古今集の草子を御前にお置きになり、色々な歌の上《かみ》の句をおっしゃって、

「この歌の下《しも》の句は、何？」

と問われるのに、誰でも夜昼なく心に浮かんで空んじているものもあるというのに、滑らかに口から出て来ないのは、どうしたことなのでしょうか。宰相《さいしょう》の君は、十首ばかり。それも、覚えているうちには入らないでしょう。まして五、六首くらいなら、

＊定子の父、藤原道隆。

いっそ「覚えていません」と申し上げるべきなのでしょうけれど、「中宮様のお言いつけを、そんなにあっさりとつまらないことにしてしまえないのに」

とがっかりして、悔しがるのもまた素敵なもの。

「知っています」と申し上げる人のいない歌を、そのまま下の句まで全て読み続けられ、竹の栞《しおり》を挟んでおしまいとなったのですが、

「これは知っている歌なのに。どうしてこうだめなのかしら」

と、女房達は嘆くのです。特に、古今集を何度も書き写したりしている人は、全部を覚えていて当然のことでしょうに。

「村上天皇の御代に、宣耀殿《せんようでん》の女御《にょうご》と呼ばれていた方が、小一条《こ》の左大臣のお嬢様だったことは、誰でも知っているでしょう。まだ姫君と呼ばれていた頃に、父君の大臣がお教えになったことには、『第一に、お習字の稽古をなさい。次には琴《きん》を、他の人よりうんと上手《うま》く弾くように心がけなさい。そして古今集の歌二十巻をすっかり暗唱して、御学問となさい』と、そう申し上げていらしたと、帝はかねてお聞きになっていました。

宮中の御物忌《おんものいみ》の日に、帝は古今集を持ってお渡りになって、宣耀殿の女御との間に几帳を引き立てられたので、女御はいつもと違って変だと思われたのだけれど、帝は

草子をお広げになって『この月のこの時、誰それが詠んだ歌は何か？』と尋ねられたので、女御は『そういうことだったのね』と合点がゆかれたのも素晴らしいけれど、覚え違いをしていたり、忘れている所があったなら大変なことだと、それはもう心配されたでしょうね。歌のことに暗くない女房を二、三人ほどお召しになって、碁石《ごいし》で正誤を数えさせようと強いられた時などは、どれほどご立派で面白かったか。御前に控えていた人達でさえ、羨ましいことですね。

帝が女御に無理にご質問されると、利口ぶってそのまま下の句まで、というわけではなくても、全てつゆほども間違うことはなかったのですって。帝はどうにかして、やはり少しでも間違いを見つけてからでないと終われないと、悔しいほどに思われているうちに、十巻にもなってしまったの。『まったく、無駄だったな』と、草子に栞をさしてお休みになられたのもまた、ご立派なことです。

だいぶ経ってからお起きになったのだけれど、やはりこのことは、勝負をつけずにおしまいにするのは甚だ面白くないし、下の十巻についても『明日になれば、女御は別の草子も見比べなさるだろうな』ということで、『今日のうちに決着をつけよう』とあかりを灯《とも》されて、夜が更けるまでお読みになられたの。だけれど、女御はとうとう、お負けにはならずじまいだったのですって。

帝が女御の御座所にお戻りになって、『こういう事が』などと左大臣殿にお伝えになったので、左大臣殿は大変に心配されて、お経などをたくさん上げさせ内裏《だいり》の方を向いて、ずっと祈り続けていらしたのだそうよ。風雅で素敵なこと……」と中宮様がお話しされているのを帝もお聞きになられて、感心なさいます。そして、「私は、三巻四巻ですら、読み通せないだろうな」と、おっしゃるのでした。

「昔は、とるに足らないような者でも皆、風情《ふぜい》を知っていたのですね。最近は、そのような話を聞くかしら」

などと、中宮様にお仕えする女房や、帝付きの女房でこちらへの出入りも認められている者などが来て口々に言う様子は憂いとは無縁で、素晴らしいものに思えたことでした。

二四

前途の望みも無くただ真面目に、うわべだけの幸福を夢見ているような人は、気にくわないし一段低く思われるので、やはりそれ相応の身分の人の娘などは宮中に出仕させて、世の中の様子も学ばせたいし、典侍《ないしのすけ》などとしてしばらくお仕えをさせたいと思うのです。

宮仕えする女性のことを、軽薄でいけ好かないなどと言ったり思ったりする男などこそ、本当に腹立たしいものです。けれどなるほど実に、それもまたもっともなことでしょう。

宮仕えをすれば、口に出すのも畏れ多い御方からはじまって、上達部《かんだちめ》、殿上人《てんじょうびと》、五位、四位は言うまでもなく、宮中で会わない人は少ないほど。そして女房の従者《ずさ》、その里から来る者、下仕えの女、厠《かわや》掃除の者、礫瓦《たびしかわら》といった賤《いや》しい身分の者にまで、宮仕えの女房がいつ恥ずかしがって隠れたというのでしょう。殿方《とのがた》などは、それほどは人に会ったりしていないのだと思います。とはいえ宮仕えの間は、女房達と同じでしょうけれど。

宮仕え経験を持つ女性を「奥方《おくがた》」などといって大切に迎えた時に、奥ゆかしい感じがしないのはもっともだけれど、とはいえ「内《う》裏《ち》の典侍」などといって、時々内裏《だいり》に参上して、祭のお使い役として出て行くのは、名誉でないことがありましょうか。

そうした上で家庭に落ち着くのは、一層立派なことです。そんな妻がいれば、受《ず》領《りょう》*が娘を五節《ごせち》**の舞姫にする時なども、ひどく田舎じみたつまらないことを、他人に聞

＊ 各国の国司。四、五位程度で、そう高い身分ではない。清少納言は受領の娘。

いたりはしないに違いありません。それこそ、奥ゆかしさというものでしょう。

二五

興ざめするもの。

昼、吠《ほ》える犬。

春まで残っている網代《あじろ》。

三月、四月の紅梅の衣《きぬ》。

牛に死なれた牛飼《うしかい》。

生まれた子が亡くなってしまった産屋《うぶや》。

火がおきていない火鉢や囲炉裏《いろり》。

女の子ばかり生まれる博士の家。

方違《かたたが》え*に行ったのに、もてなしをしない家。節分の時なら、ますますがっかり。

贈り物が添えられていない、遠くからの文《ふみ》。京からの文でもそう思うだろうけれど、それは知りたいことがたくさん書いてあったり、世の中の出来事もわかるのだから、ずっとましなのです。

特別にきれいに書いて出した文の返事を、「もう来る頃だろうに、やけに遅い」と待っている時、出したはずの文を、立文《たてぶみ》であろうと結び文であろうと、ひどく汚く扱ってがさがさにし、封じ目の墨なども消え失《う》せた様で、

「いらっしゃいませんでした」

とか、

「御物忌《おんものいみ》ということで、受け取らないのです」

と言って持って帰るのは、本当にやりきれなくて興ざめするもの。

また、きっと来るはずの人のところに車をやって待っている時、音がするので「おいでだ」と皆が出て見ると、車宿《やどり》に車をすぐに引き入れて、轅《ながえ》をぽんと打ち下ろすので、

「どうしたの」

と尋ねれば、

「今日は他にいらっしゃるということで、お越しになりません」

などと言い捨てて、牛だけを引いて行ってしまう、って……。

家に迎えた婿君が通ってこなくなるのも、相当うんざり。しかるべき身分の、宮仕

＊＊Ｐ49　大嘗会《だいじょうえ》、新嘗会《しんじょうえ》に行われる、舞姫による舞楽。
＊悪い方角を避けるため、別の場所にまず滞在した後に目的地へ向う。陰陽道《おんようどう》の風習。

えをしている女に婿君を取られて、「恥ずかしい」と思っているのも、つまらないものです。

乳飲み子の乳母《めのと》が、「ほんの少しだけ」と出かけた時、どうにかあやして「早く戻ってきて」と申し伝えたのに、「今夜は戻れなくなりました」と返事をよこすのは、うんざりするだけでなく、しゃくにさわるし、迷惑この上ありません。ましてや女を家に迎えようという男がそんな目にあったら、どんな気がすることか。

また、思う人を待つ女の家で、夜が少し更けてからそっと門を叩《たた》く音がすれば胸がわずかに高鳴り、人をやって尋ねさせると、待ち人とは別のどうでもいい男が名乗ってくるというのも、まったく「興ざめ」を通りこしているというものです。

もののけを調伏しようという修験者《しゅげんじゃ》が、ひどくしたり顔でよりましに独鈷《とっこ》*や数珠《じゅず》を持たせて、蟬《せみ》のような声を出して経を読むけれど、よりましには少しも変化がなく、調伏に力を貸す鬼神である護法童子《ごほうどうじ》さえよりつきません。集まって祈っている男も女も「変だ」と思っていると、時間がくるまで延々と読み、疲れ果て、

「まったく憑《つ》かないな。立ちなさい」

と言ってよりましから数珠を取り返し、

「あーあ、全く効果無しか」

とぶつくさ言って額から頭へとなで上げ大あくび、自分から何かに寄りかかって寝

てしまうのも、興ざめです。

「とても眠い」と思っているのに、それほど好きでもない人が揺り起こしてきて、無理に話しかけてくるのは、本当にうんざり。

除目《じもく》で官職を得られなかった人の家。「今年は必ず」ということで、かつて仕えていて今は散り散りになっていた人々や、田舎びた所に住む者などが皆集まってきて、出入りする車の轅もぎっしり。任官祈願の参詣には、我も我もと一緒についていき、何か食べたりお酒を飲んだりと大騒ぎをしているのに、除目が終わった明け方まで、門を叩く音はしません。「おかしい」と耳を澄まして聞くと、先払いの声などが聞こえて、上達部《かんだちめ》などが皆、内裏《だいり》から退出されました。様子を探るために夜のうちから出て寒がって震えていた下男が、ひどく落ち込んで歩いて来るのですが、見ている者達は結果を尋ねようにも尋ねられません。他所《よそ》から来た者などが、

「殿は何におなりになったのか」

などと聞けば、

「何々の国の〝前の〟国司ですよ」

などと応えるのが、おきまりのこと。本気であてにしていた者は、つくづく残念に

＊悪霊などを一時的に憑依《ひょうい》させるための童女《わらわめ》。

思っているのです。

早朝になって、ぎっしり詰めかけていた者達は、一人二人とこっそり出ていってしまいます。古くから仕えていて、そうあっさりと出ていけない者は、来年任官の可能性がある国々を指折り数えなどしてふらふら歩いているのも、あわれで寒々しいのです。

なかなかうまく詠めたと思う和歌を人に送ったのに返事が無いと、興ざめなもの。こちらが懸想《けそう》しているならばいたしかたないけれど、そうだとしても時候に合ったような返歌をしないのは、幻滅するものです。また、時流に乗って栄えている人の家に、老いぼれた人が、自分が退屈で暇をもてあましているからと、昔を思い出してどうということもない和歌を詠んで寄越《よこ》すのも。

何かの行事用の扇を、大切に思って、そちらの方では任せられると思った人に渡したところ、その日になったら思いもよらない絵など描いて戻されてきたのには、うんざり。

出産のお祝い、旅立ちの餞別《せんべつ》などのお使いの者に、その場でご祝儀《しゅうぎ》を渡さないのも、興ざめです。ちょっとした薬玉《くすだま》や卯槌《うづち》などを持っていくお使いにも、やはり必ず、渡すべきなのです。思いも寄らない時にもらったら、お使いのし甲斐《がい》もあると思うもの。「これはきっと、ご祝儀をいただけそうなお使いだ」と思って、楽しみに行った時は特に、もらえなかったらがっかりするでしょう。

婿殿を迎えてから四、五年経《た》つのに、産屋がしんとしたままというのも、残念なものです。

もう成人した子供がたくさんいて、うっかりすると孫まで周りに這《は》いまわっていそうな人が、夫婦で昼から同衾《どうきん》しているのも、また。そばにいる子供にしても、両親が共寝している時は、どうしていいものやら、うんざりすることでしょう。

大晦日《おおみそか》の夜。寝起きに浴びるお湯は、腹立たしくすら思うもの。大晦日の長雨《ながあめ》……、こういうのを「一日限りの精進潔斎《しょうじん》」と言うのかしら。

二六

気が緩むもの。

精進《しょうじん》の日の勤行《ごんぎょう》。

遠い先のことへの準備。

長い寺籠り。

二七

人からばかにされるもの。

崩れた土塀。

あまりにもお人好《ひとよ》しだと思われている人。

二八

憎らしいもの。

急いでいる時に来て、長話をするお客。放っておいても平気な人なら「後で」と言って追い返すことができるけれど、立派な人の時は、いらいらして面倒なのです。

髪の毛が入った硯《すずり》で、墨がすられているの。また、墨の中の小石がきしきしときしんでいるの。

急病人が出たので修験者《しゆげんじや》を呼んだのに、いつもいる所にいないと、他を探しまわっている時間がとても長く感じられます。やっと迎えて喜びながら加持をさせていると、近頃もののけにかかずらって疲れているのか、座るやいなや寝ぼけ声でお経を読むのは、実に憎らしいものです。

たいしたことない人が、やけににこやかに、ぺらぺら話しているの。火鉢の火や囲炉裏《いろり》などに、裏に表に手を返しながら、腕をのばしてあたっている輩《やから》。一体、若者がいつそんなことをしたかしら。年寄り臭い人にかぎって、火鉢のふちに足まで乗せて、話しながらその足をさすったりするのでしょう。その手の者というのは、人のところに来た時、座ろうとする所を、まず扇であちこちにはたき散らして塵《ちり》をのけ、座ってもごそごそと落ち着かず、狩衣《かりぎぬ》の前をたくしこんで座るのでしょう。こんな無作法は、とるにたらない身分の者がするのかと思いきや、少しは身分もある、式部大夫《しきぶのたいふ》などという者がしたことなのです。

またお酒を飲んでわめき、口をいじくり、髭《ひげ》がある者はそれを撫《な》で、盃《さかずき》を人におしつける時の様子は、とても憎々しいもの。「もっと飲め」というのでしょう、身体《からだ》を揺すって頭を振り、口の端までだらしなく垂れて、子供が「こう殿《どの》にまいりて」など童謡を歌う時のような振りをする……ということをなんと、本当に高い身分の方がなさったのを見たので、嫌な気持ちになったのです。

他人を羨ましがって自らの身の上を嘆き、噂《うわさ》好きでほんの少しのことでも知りたがって聞きたがり、それを話さない人を怨《うら》んだりそしったり、また少しでも耳にしたことは、自分がもともと知っていることのように調子に乗って他人に話すのも、とても憎らしいもの。

話を聞こうと思っている時に泣き出す赤ん坊。

烏《からす》が集まって飛びかい、騒がしく鳴いているの。

こっそり忍んで来る人を知っていて、吠《ほ》える犬。

無理な場所にかくまっていたのに、いびきをかいて寝ている恋人。

また、忍んで訪ねる所に長烏帽子《ながえぼし》でやってきて、それでも人に見つからないようにとあわてて入る時に、何かに当たってがさっと音をたてる人。伊予簾《いよす》などが掛けてあるのに頭にひっかけ、さらさらと鳴らしてしまうのも、とても腹立たしいもの。帽額《もこう》の簾《すだれ》は特に、芯の板が当たる音が、ひどく鳴り響きます。それでも、そっと引き上げて入れば、決して音はしないのです。引き戸を乱暴にあけたてするのも、まったく無神経。少し持ち上げるようにして開ければ、音がするはずがないでしょうに。下手に開ければ、障子などもがたがたごとごと、目立って仕方ありません。

眠くて横になっているところに、蚊が小さな情けない音で到来を告げ、顔の近くを飛び回るの。羽風《はかぜ》さえ、蚊に相応にあるのが、本当に憎らしい。

ぎいぎい音をたてる車を乗りまわす者。音が耳に入らないのかしらと、ひどくいらいらします。自分が乗っている場合は、その車の持ち主さえ憎らしいもの。

また、おしゃべりをしている時に出しゃばって、自分一人で話を先に進めてしまう人。出しゃばりは、子供も大人も全て、とても憎らしいのです。

ちょっと遊びに来た子供達に目をかけ可愛がって、素敵なものをあげたりしているうちに癖になり、いつもやってきては座り込んで、調度をちらかすのも、いらいらするもの。

家でも宮仕え先でも、顔を合わせたくないと思う人が来たので寝たふりをしているのに、自分が使っている者が知らせにやってきて、「いつまでも寝て……」といった顔で揺り起こすのにも、むっとします。

新参者《しんざんもの》が先輩をさしおいて、物知り顔に教えたり世話を焼いたりするのは、いらいらするもの。

自分の恋人となっている男が、かつて関係があった女のことを褒めたりするのも、時間が経《た》ったこととはいえ、憎らしいものです。ましてやそれが今現在のことであったら、思いやられるというもの。とはいえ、かえってそうでもないなどという人も、いるようですけれど。

くしゃみをして、呪文を唱えるの。一家の主人でもない者が、大きな音でくしゃみをするのは、ひどく憎らしいのです。

蚤《のみ》も、本当に憎らしいもの。着物の下で躍り回って、着物を持ち上げるかのようにするのです。

声を合わせて、長々と遠吠えをする犬。不吉な感じすらして、憎らしいものです。

開けて出入りする戸を、閉めない人。とても、いらいらする……。

二九

胸がときめくもの。

雀《すずめ》の雛《ひな》を飼う。

赤ん坊が遊んでいる前を、通るの。

上等のお香を薫《た》いて、一人で伏している時。

少し曇った唐《から》の鏡を見るの。

素敵な男性が家の前に車を停《と》めて、取り次ぎを頼み、何かを尋ねさせている様子。

髪を洗って化粧をし、よくお香を薫きしめた着物などを着るの。特に見る人がいない所であっても、やはり心の中は、格別に満ち足りるものです。

待つ人などのある夜。雨の音、風が吹きゆるがす音にも、ふと心驚かされます。

三〇

過ぎた時が恋しくなるもの。

枯れた葵《あおい》。*

雛《ひな》遊びの道具。

二藍《ふたあい》、葡萄《えび》染《ぞめ》などの端切れが、草子《そうし》にはさまって、おしつぶされているのを見つけた時。

また、受け取った時に胸をふるわせた人の文《ふみ》が、雨など降って所在ない日に、出てきたの。

去年の夏扇。

＊　四月の賀茂《かも》祭の時、葵の葉を飾る。

三一

満ち足りるもの。

よく描けた大和絵《やまと》に、言葉も面白くつけてあるものが、たくさんあるの。

見物の帰りに、女達がたくさん乗った車から衣の裾があふれ、男達が何人も従って、牛の扱いが上手な者が走らせている時。

白く美しい陸奥紙《みちのくにがみ》に、そうは細く書けそうにない筆で、きれいに文《ふみ》を書いたもの。

しっかりした糸を煮て柔らかくし、合わせて束ねたもの。

調半《ちょうばみ》の遊びで、調が多く出ること。

流暢《りゅうちょう》な語り口の陰陽師《おんようじ》に頼んで、河原に出て呪いよけのお祓《はら》いをするの。

夜、目が覚めて飲む水。

退屈な時に、特にそれほど仲が良いというわけでもない客人が来て世間話となり、最近あった中で、面白い事も気に入らない事も変な事も、あれやこれやについて、公私の区別はきちんとつけつつ、聞き苦しくない程度におしゃべりするのは、とても満ち足りるものです。

神社仏閣へお参りして、願い事を祈願してもらう時、寺ならお坊さん、神社なら禰《ね》宜《ぎ》などが聡明ですがすがしく、思った以上によどみなく聞き心地よく、願い事を読み上げたの。

三二

檳榔毛《びろうげ》の車は、ゆっくりと動かすのが素敵です。急いでいるのは、よくないもの。網代車《あじろ》は、走らせた方が素敵。人の家の門の前などを通っていくのを、ふと目を向ける間もなく過ぎ去って、供の者ばかりが走っているのを見て、「誰だったのかしら」と思うのが、よいのです。のろのろと時間をかけて進むのは、まるで駄目。

三三

説経の講師《こうじ》は、顔が良くなくては。講師の顔をじっと見つめるからこそ、説くことの尊さも感じられようというものです。よそ見をしてしまうからつい内容を忘れてしまうわけで、不細工の講師には仏罪が当たりそう。でも、この話はやめておきましょう。もう少し若い頃なら、こんな罰当たりなこともどんどん書いただろうけれど、今ではそれこそ仏罰が恐ろしいから。

また、「尊いことだ」とか「私は信心深いもので」などと言って、説経がある所には必ず真っ先に行って座っているような人というのは、私のような罰当たりな者からすると「そこまでしなくても」と思えるのです。

蔵人《くろうど》を退いた人は、昔は行幸《ぎょうこう》の先払いということもしないで、辞めた年の間は、内《だい》裏《り》あたりには姿を見せなかったようです。今ではそうでもないようですが。「蔵人の五位」*と言って、今はそのような元蔵人でも忙しく召し使うけれど、やはり本人としては退屈で、暇がある気持ちになるものらしく、説経の場で一度か二度聴くようになると始終お詣《まい》りしたくなって、夏のとても暑い時も、たいそう派手な帷子《かたびら》を着て、薄い二藍《ふたあい》、青鈍《あおにび》の指貫《さしぬき》などを踏みつけて座っているようです。烏帽子《えぼし》に物忌《ものいみ》のしるしをつけているのは、「物忌でこもるべき日だけれど、功徳のためなら気にしない」と見られたい、というつもりかしら。

そんな人は、説経をする僧と話をしたり、聴聞《ちょうもん》客の車の駐車のことまで気にして、場慣れした様子です。久しく会わなかった人が参詣に来たことに喜んで、にじり寄って座って何か言ったりうなずいたり、滑稽な話などしだして扇を広げて口に当てて笑い、凝った作りの数珠《じゅず》をいじくりまさぐり、あちこちに目をやって車の良し悪《あ》しを褒めたり貶《けな》したり、どこそこで誰それが催した法華《ほっけ》八講《はっこう》だ経供養《きょうくよう》だと、あんなことやらこんなことやら言い合っているうちに、肝心の説経は耳を素通り。いやなに、いつも聴いているから、聴き慣れて珍しくもないのでしょうね。

そうかと思えば、講師が座ってしばらくしてから、先払いが少しばかりいる車を停《と》めて、降りてくる人も。蟬《せみ》の羽よりも軽そうな直衣《のうし》に指貫、生絹《すずし》の単衣《ひとえ》など着ている人や、狩衣《かりぎぬ》姿の人、といった若くてほっそりとしている三、四人くらいと、従者《ずさ》もまた同じくらいの人数で入ってくるので、前からいる人も少し身体《からだ》を動かして場所を空け、高座の近くの柱のところに席を取らせると、彼等がわずかに数珠をすり合わせたりしながら聴いているのを、講師も晴れがましいと思っているのでしょう。「どうにかして、後世に語り継がれるほどに」と、説き始めるようです。

一般の聴衆などが倒れるほどに興奮し、額をつけて拝みだす頃より前に、適当なところで引きあげるということで、貴公子達が女達の車の方などに視線をやって、仲間うちで話しているのも、「何を言っているのかしら」と思われます。

見知っている人であれば「あら」と思いますし、知らない人の場合は「誰かしら、あの方かしら」などと思いを馳《は》せ、視線で追いかけお見送りをするのが、またよいのです。

＊退職した蔵人のこと。エリートである「五位の蔵人」とは異なる。

「どこそこで説経があった」「法華八講があった」などと人が言い広めている時に、「あの人はいましたか」「いないはずがないでしょう」などと当然のように言われる人は、度が過ぎているというものです。とはいえ、どうして全く顔を出さないでよいものでしょう。低い身分の女ですら、熱心に聴くそうなのに。だからといって、以前は徒歩で行く人はいなかったものです。稀《まれ》に、壺装束《つぼしょうぞく》の外出姿をして、優雅に着飾る人もいたようですが、それで物詣でなどしていたのであって、そうした姿で説経などに出かける話は、特に多くは聞きませんでした。その頃の人が長生きをして今の様子を見たら、どれほど悪口を言い、非難するでしょうか。

三四

菩提《ぼだい》というお寺に、仏縁を結ぶための法華八講《ほっけはっこう》をしに行った時。ある人から「早くお帰りなさい。とても寂しい」と言ってきたので、蓮の葉《はす》の裏に、

求めてもかかる蓮《はちす》の露をおきてうき世にまたは帰《かへ》るものかは

(蓮の露に濡《ぬ》れたい心さしおいて憂き世に二度と戻る気もなし)

と書いて送りました。

本当に、とても尊く心に染み入り、そのままお寺に留《とど》まりたいとも思って、湘中《そうちゅう》*の家人達のじれったさも、忘れてしまいそうだったのです。

三五

小白川《こしらかわ》という所は、小一条《こ》の大将・藤原済時《ふじわらのなりとき》様のお邸《やしき》です。そのお邸で上達部《かんだちめ》が、結縁《けちえん》の法華《ほっけ》八講《はっこう》をなさるということで、世の人々は大変めでたく思い、「遅く来る車は、停《と》められそうにもない」ということなので、朝露とともに起きて行ってみたのです。なるほど隙間もなく、轅《ながえ》の上に後の車の車体を重ねるありさまですが、三列目くらいまでは、少しはお説経も聞こえることでしょう。

六月十余日、その暑さはかつて無いほどでした。池の蓮《はす》に目を遣《や》る時だけ、涼しさが感じられるのです。

＊湘中という老人が、書を読むのに夢中になって家路を忘れたという故事が中国にある。

左大臣、右大臣などを除いては、いらしていない上達部はありません。二藍《ふたあい》の指貫《さしぬき》袴《はかま》、直衣《のうし》、浅葱《あさぎ》の帷子《かたびら》などを透かせていらっしゃったり、また少し年配の方の場合は、青鈍《あおにび》の指貫袴や、白い袴といったお姿も、とても涼しげです。宰相の藤原佐理《すけまさ》様など、誰もが若々しいお姿で、何もかも尊いこと限りなく、素晴らしい眺めなのです。

廂《ひさし》の御簾《みす》を高く上げて、上達部は長押《なげし》の上に奥の方を向いて、ずらりと座っていらっしゃいます。その次には、殿上人《てんじょうびと》や若い君達《きんだち》の姿が。狩装束《かりしょうぞく》、直衣なども、とても洒落《しゃれ》ています。若い人達がじっとしていられなくてあちこち動き回っているのも、とても面白いもの。兵衛佐《ひょうえのすけ》の藤原実方《さねかた》様、長命《ちょうめい》侍従などは、この邸の子息なので、いっそう出入りにも物馴《ものな》れているご様子です。まだお小さいお方なども、とても可愛らしくていらっしゃるのです。

少し日が高くなった頃に、当時は三位中将《さんみのちゅうじょう》と申し上げた今の関白道隆《みちたか》様が、唐《から》の羅《うすもの》の二藍の直衣、二藍の織物の指貫袴、濃い蘇枋《すおう》色の下袴《したばかま》、そして張りを出した目にも鮮やかな白い単衣《ひとえ》をお召しになって、入っていらっしゃいました。あれほど軽快で涼しげな方々の中では暑苦しい感じがしそうだけれど、大変ご立派なお姿だと拝見したものです。

朴《ほお》の木であったり漆塗りであったりと骨は違っても、一様に赤い紙を張った扇を皆が持って使っている眺めは、撫子《なでしこ》がたくさん咲いている様とよく似ています。講師《こうじ》がまだ高座にのぼらないうちは、お膳を出して、何やら召し上がっている模様でした。

中納言の藤原義懐《よしちか》様のお姿が、いつもより素晴らしくていらっしゃるのが、何とも言えません。誰もが華やかな色使いで目が覚めるような艶《あで》やかさの、いずれも優ると も劣らない帷子姿の中で、この方は本当に、ただ直衣一枚を着たかのようなお姿で、常に女達が乗っている車の方に視線を遣りつつ、話などなさっているのです。「素敵」と思わない人は、いなかったことでしょう。

後から来たので場所も無く、池に寄せて停めている女車を義懐様がご覧になって、実方様に、

「うまく言づてが伝えられそうな者を、一人」

とお召しになると、どのような人なのでしょうか、実方様は選んで連れてこられました。

「どう言葉をかけたらいいだろう」

と、義懐様は近くにおられる方々と皆一緒に話し合われていましたが、女車に何を言い送ったのかは、こちらには聞こえてきませんでした。大変に気を遣って使者が女車の許《もと》に歩いていくのを、義懐様達はまたお笑いになっています。使者は車の後方に近づいて口上を言うようですが、長い間立ったままでいるので、

「歌など詠むのであろう。実方、返歌を考えておけよ」

などと義懐様はお笑いになり、早く返歌を聞きたいものだと、その場の人々は年配の上達部まで皆、そちらの方を見ていたのです。まったく、外で立ち見する人々までもがそちらを見ているのが、面白いことでした。

返事を聞いたのでしょうか、使者が少し戻ってきたところで、女車から扇をさし出して呼び返すので、「歌などの言葉を間違った時に限ってはこのように呼び返しもしようけれど、たっぷり時間をかけて、自然にその場に合う歌を詠んだなら、直すべきでもなかろうに」と、私には思えました。

使者が戻ってくるのも待ち遠しくて、

「どうだ、どうだ」

と、誰もがお聞きになります。使者がすぐには答えず、義懐様がお言いつけになったことなのでそちらに参上して、興奮気味に申し上げました。

「早く申せ。あまり格好をつけて、言い損なうなよ」

とおっしゃった道隆様に、

「言い損なったと同じようなものでございます」

と使者が答えたのは、聞こえてきました。藤大納言《とうだいなごん》の為光《ためみつ》様は、他の人よりも顔を前に突き出して、

「何と言っていた？」

とおっしゃるようなので、道隆様が、

「ごくまっすぐな木を、無理に押して折ったようなものだ」

とお答えになると、為光様がお笑いになり、皆が何とはなしにざわざわと笑うのが、女車には聞こえたでしょうか。

義懐様は、

「それで、呼び戻さなかった前は、何と言っていたのか。これは、言い直した返事なのか」

と問われると、

「長い間立って待っていましたが、何ともお返事がございませんでしたから、『では、帰ることにします』と戻る時に、呼び止められまして」

などと使者は申し上げます。

「誰の車なのだろう。知っている方はいますか」

と義懐様は不審がられて、

「さあ、今度は歌を詠んで送ってみよう」

などとおっしゃっているうちに講師が高座に上がったので、一同席について静まり、講師の方を見ている間に、女車はかき消すように姿を消しました。女車の下簾《したすだれ》は今日おろしたてと見えて、衣は濃い紫の単襲《ひとえがさね》に二藍の織物、蘇枋色の薄物の表着《うわぎ》など。車の後ろに、模様が摺《す》り出してある裳《も》を、そのまま広げて外に出したりしていたのは、一体どなただったのでしょう。なまじ中途半端な返事をするよりは、なるほどかえって気の利いた対応だと思われたことです。

朝座の講師である清範《せいはん》*は、いるだけで高座の上にも光が満ちあふれるような心地がして、その素晴らしさといったらありません。やりきれない暑さに加え、今日中に終わらせなくてはならない仕事をそのままにしていたので、ほんの少しだけ聴いて帰ろうとしていたのですが、幾重にも車が並んでいるので、出ようにも出られないのです。朝座の講が終わったら、やはりどうにかして出てしまおうと思って重なり合う車に伝えると、高座に近づくのが嬉《うれ》しいのか、早々と曳《ひ》き出て、場所を空けて出してくれました。その様子を見て、老いた上達部さえ本当にうるさいくらいにこちらを笑ったりそしったりするのにも耳をかさず無視をして、狭いところを無理矢理出ると、義懐様が、

「やあ、『退くのもまたよし』**だな」

と微笑《ほほえ》まれたのがまた、素晴らしかったのです。しかしそれも聞き流し、暑さのあまりふらふらになって外に出てから人をやって、

「義懐様も、五千人の増上慢のうちにお入りにならないはずはないでしょう」

と申し上げて、帰ったのでした。

八講の初めの日から最後の日まで、ずっと立てている車があったのですが、人が寄って来るようにも見えず、あきれるほどにまるで絵のように動かずにいたので、

「なかなかできるものではない。立派で奥ゆかしいことだ。どんな人なのだろう、何とか知りたいものよ」

と義懐様が人にお尋ねになったりされたと耳にして、為光様などは、

「何が立派なものか。とんでもなく変わった不気味な奴《やつ》に決まっているじゃないか」

とおっしゃったのが、面白かったものです。

そしてその月の二十日過ぎ、義懐様が法師***になられたことについては、言葉も見つかりません。桜が散る時の方が、まだありきたりの寂しさというものでしょう。「白露のおくを待つ間の朝顔****」とさえ言えないほど、華やかだった一時の御様子が、はかなく見えたことでした。

　＊説経の名人で、文殊菩薩《もんじゅぼさつ》の化身と言われた。当時二十五歳。
　＊＊「退くのもまたよし」釈迦《しゃか》が法を説く時、五千人のおごり高ぶった者が席を立とうとしたところ、「増上慢人退　亦佳《しりぞくもまたよし》」と言われた、という故事による。
　＊＊＊「義懐様が法師に」本段は、一条天皇の前帝である花山天皇の御代《みよ》最後の年の回想。花山天皇の叔父《おじ》で後見役の義懐はこの時、わが世の春を迎えていたが、数日後の天皇の突然の出家によって自らも出家を余儀なくされ、権力を手放した。
＊＊＊＊「白露のおくを待つ間の朝顔は見ずぞなかなかあるべかりける」（新勅撰集、恋三　源宗于《むねゆき》）

三六

七月頃、ひどく暑いのでどこもかしこも開け放して夜を明かすのですが、満月の折、夜中にふと目覚めて外を眺めるのは、実に素敵な気分です。闇もまたよいし、有明《ありあけ》の素晴らしさは、言うまでもありません。

とても艶やかな板敷きの間の端近くに、真新しい畳を一枚ちょっと敷いて、三尺の几帳《きちょう》を奥の方に押しやってしまうのは、いかがなものでしょうか。端近《はしぢか》にこそ、立てるべきなのです。奥が見えて、気になるでしょうに。

恋人は、そこからもう出て行ってしまったのでしょう。淡い紫の衣《きぬ》で、裏は濃い色で表は少し色あせたもの、そうでなければ、つややかでさほど着古していない濃い綾《あや》織《おり》の衣を頭からひきかぶって、女は寝ています。丁字染《ちょうじぞめ》の単衣《ひとえ》、もしくは黄生絹《きすずし》の単衣を着て、紅の単衣袴《ばかま》の腰紐《こしひも》が、長く引きかぶった衣の下からだらりと伸びているのも、まだ恋人が解いたままのようなのです。衣の外に髪がゆったりと波打つ様から、その長さが推しはかられるのですが、そんな霧が立ちこめた夜明けにたまたま通りかかった、一人の男。二藍《ふたあい》の指貫《さしぬき》袴に、ごく淡い色の丁字染の狩衣《かりぎぬ》、白い生絹から紅の単衣が透けて見えるのが艶めいていて、霧でしっとり湿った狩衣を肩脱ぎにし、寝乱れて鬢《びん》が少し崩れているので、髪を押し込めるように烏帽子《えぼし》をかぶった様子も、しどけないのです。

その男は、朝顔の露が落ちないうちに後朝《きぬぎぬ》の文《ふみ》を書こうと、道すがらも気になって、

「麻生《をふ》の下草*……」

などと口ずさみながら家に戻る途中です。女の局《つぼね》の格子が上がっているので、御簾《みす》の端を少し引きあけて覗《のぞ》くと、そこには件《くだん》の寝ている女が。この女を置いて帰った男のことにも興味がひかれ、また置かれた〝露〟のこともしみじみ思われるのか、男がしばらく立って眺めていると、枕元の方に、朴《ほお》の木の骨に紫の紙を張った扇が、広げたままになっています。また陸奥紙《みちのくにがみ》の懐紙が細く畳んであって、それも薄藍か紅か、少し色づいたものが、几帳の下に散らかっているのでした。

人の気配がしたので、かぶっている衣の中で女が目を開けると、男が微笑《ほほえ》んで長押《なげし》にもたれて座っています。はばかられるような人ではないけれど、気楽に相手をする気分でもないので、寝顔を見られたとはいまいましい、と思うのでした。

「しみじみと名残の御朝寝……、ですね」

＊「桜麻《さくらを》の麻生の下草露しあらば明かしてゆかむ親は知るとも」（古今六帖、六）

と、男が簾《すだれ》の中に半分入ってくるので、

「露が置くより早く帰った人が憎らしくて」

と、女。気の利いた言葉でも、特に書き残しておくべきことでもないけれど、あれやこれやと言い交わす男女のありさまは、悪いものではありません。

男が身をかがめて、枕元の扇を自分の扇でかき寄せるので、あまりに近くに寄り過ぎなのではないかと、女はどきどきして思わず身を引くのでした。男は扇を手に取って眺めなどして、

「うとまれてしまったものですね」

などと、思わせぶりに恨み言を言ったりするうちに明るくなって、人々の声が聞こえ、日も出て来ることでしょう。霧の絶え間が見えそうな頃には、急いでいたはずの後朝の文も忘れてしまっているのがまた、気にかかることです。

女の許《もと》から出て行った男も、いつの間にか書いたと見えて、露に濡《ぬ》れたまま手折った萩《はぎ》の枝につけて後朝の文をよこしたけれど、別の男がいるので使者は差し出すことができません。しっかりと香を薫《た》き染めた紙の匂いが、素晴らしく漂うのです。

あまりに明るく人目につく時間になれば、男は立ち出て、「自分がさきほど別れてきた女もまたこのように……」と思いを馳《は》せるのも、よいものでありましょう。

三七

木の花は、濃いも薄いも、紅梅。

桜は、花びらが大きく、葉の色は濃く、細い枝に咲いているもの。

藤《ふじ》の花は、花房が長くさがり、色濃く咲いているのが、とても素敵。

四月の末か五月初めの頃、橘《たちばな》の濃く青い葉に純白の花が咲く雨の早朝などは、またとない趣があるものです。花々の間から、黄金の珠《たま》かのように、昨年の果実が輝いて見えたりするのは、朝露に濡《ぬ》れた夜明けの桜に劣りません。ほととぎすにゆかりの花橘とも思うからでしょうか、なおさらに言い表しようが無いのです。*

梨の花は、つまらない花だとされているので身近に置いたりしませんし、ちょっとした文《ふみ》を結びつけることさえありません。魅力に欠ける女性の顔など見て、たとえに引くのももっともなことで、葉の色からして面白味がなく見えるのです。しかし唐土《もろこし》では、無上のものとされて漢詩にもするのですから、そうは言っても何かわけがあるのだろうとあえてよく見てみると、花びらの端に美しい色あいが、ほのかについてい

＊「ほととぎすに……」　橘にとまるほととぎすを詠む歌が、古来多い。清少納言は、ほととぎすが大好き。

るようではありませんか。冥界の楊貴妃《ようきひ》が、玄宗《げんそう》皇帝が現世から送った使者に会って涙を落としたという顔を、白楽天《はくらくてん》が「梨花一枝《りかいっし》、春、雨を帯びたり」と表したのはいい加減な気持ちからではないのだと思うにつけ、やはり梨の花の素晴らしさは、彼《か》の国の人にとって類いないものなのだと感じられるのです。

桐《きり》の木の花は、紫色に咲くのがやはり素敵で、葉の広がり方はひどくわずらわしいけれど、他の木と同じに語るべきではありません。唐土では、名高い鳥である鳳凰《ほうおう》が、この木だけを選んでとまるというのが、またとなく素晴らしく思われます。まして、この木で琴を作って様々な音を奏でると思えば、「素敵」だなどとありきたりな言葉で言い表せましょうか。本当に見事な木なのです。

木の格好は悪いけれど、楝《おうち》の花はとても面白いものです。枯れたような感じで風変わりに咲いて、必ず五月五日に合わせるのも、お見事。

三八

池は　勝間田《かつまた》の池。

磐余《いわれ》の池。

贄野《にえの》の池。長谷寺《はせでら》にお詣《まい》りした時、水面が見えないほど水鳥がいて騒いでいたのが、面白かったものです。

水なしの池は、それこそ「変だこと。どうしてそんな名前をつけたのかしら」と思って聞いてみたら、「五月などに、雨がひどく降りそうな年は、この池から水というものが無くなってしまう。また、ひどい日照りになるような年は、春のはじめに水がたくさん湧き出るのです」

ということだったのですが、「全く水が無くて乾いているならば〝水なしの池〟とも言えましょう。水が出る時もあるのに、一方的な名をつけたものね」と、言いたかったことでした。

猿沢《さるさわ》の池は、采女《うねめ》が身投げをしたということを帝《みかど》*がお聞きになって、行幸《ぎょうこう》などがあったというのが、大変に素晴らしいことです。「わぎもこが寝くたれ髪を猿沢の池の玉藻《たまも》と見るぞかなしき」と柿本人麻呂《かきのもとのひとまろ》が詠んだと思えば、説明するのもおろかというものです。

御前《おまえ》の池。またどういうわけで名をつけたのか、知りたいところ。

＊奈良の帝に仕えた采女が、その寵愛が薄れたことを悲しみ身を投げたという話が大和物語にあり、後に帝が池を訪れたという。

かみの池。

狭山《さやま》の池は、「三稜草《みくり》*」という歌の面白さが思われるのでしょう。

こいぬまの池。

原の池は、「玉藻な刈りそ」と歌われていたのも、面白いのです。

三九

お節供《せつく》は、五月にまさる月はありません。菖蒲《しょうぶ》、蓬《よもぎ》**などが薫り合っているのは、何と素敵なことでしょう。宮中の御殿の屋根をはじめとし、とるに足らない庶民の住まいまで、どうにかして我が家にたくさん葺《ふ》こうとこれらを一面に葺いているのは、やはりとても珍しいものです。他の節供で、このようなことをした時がありましょうか。

空が一面に曇っている中、中宮様の御殿などには、色とりどりの糸を組み垂らした御薬玉《おんくすだま》が縫殿寮《ぬいどのりょう》から献上され、御帳台《みちょうだい》が立ててある母屋の柱の左右につけてあります。前年の九月九日、重陽《ちょうよう》の節供の菊を粗末な生絹《すずし》の布に包んで献上したものが、同じ柱に結びつけてこの数ヶ月あったのを、薬玉に結び替えてから捨てるようです。薬玉もまた、菊の節供の頃まで残すべきなのでしょうか。けれど薬玉は、皆が糸を引き抜いて何かを結ぶなどして使うので、少しの間も残っていないのです。

節供の御膳を中宮様に差し上げるのに、若い女房達は菖蒲の薬玉を腰につけたり物《もの》忌《いみ》の鬘《かずら》などをつけたりし、様々な唐衣《からぎぬ》や汗衫《かざみ》に、きれいな折り枝を菖蒲の長い根にむら染の組紐《くみひも》で結びつけてあるなど、毎年のことで珍しがるほどではないけれど、とても風雅なものです。桜にしても、春ごとに咲くからといって、素敵と思わない人がいるかしら。


地面を歩き回る子供などが、その身分に応じて「すごいおめかしだわ」と思い、ずっと袂《たもと》に気をつけ、他人と比べて「何とも言えず素敵」と思っているところ、ふざけている小舎人童《こどねりわらわ》などに引っぱられて泣くのも、微笑《ほほえ》ましいものです。

紫の紙に楝《おうち》の紫の花をつけたり、青い紙に菖蒲の青葉を細く巻いて結んだり、また白い紙に菖蒲の根を結んだものも、洒落《しゃれ》ています。とても長い菖蒲の根を入れてあったりする文《ふみ》を読む時は、うっとりしてしまうのでした。

「返事を書きましょうよ」と言い合って、仲良しの女房同士、もらった文を見せ合ったりするのも、とても楽しいのです。良家の令嬢や、高貴な方々に文を差し上げる男性も、今日は特別に気分を込めているのが優雅なもの。夕暮れ時、ほととぎすが一声

＊「恋すてふ狭山の池の三稜草こそ引けば絶えすれ我や根絶《ねた》ゆる」（古今六帖、六）
＊＊「菖蒲、蓬」共に邪気を払うとされ、五月の節供には屋根や調度等に飾った。

挨拶をして飛んでゆくのも、この日は何もかもが素晴らしいのです。

四〇

花を見るのでない木なら、
楓《かえで》、桂《かつら》、五葉《ごよう》の松。

かなめもちの木は品に欠ける気もするけれど、木々の花が散ってしまって一面が緑になった中、季節に関係なく濃い紅葉《もみじ》がつやつやと、思いがけず青葉の中からのぞいているのは、珍しいものです。

檀《まゆみ》については、言うまでもありません。

どの木というのではないけれど、宿《やど》り木という名は、しみじみ響きます。

榊《さかき》は、臨時の祭の御神楽《みかぐら》の時など、とても見事なもの。この世に木は数々あるけれど、神様の御前《おまえ》のものとして生えるようになったというのも、特別に素晴らしいのです。

楠《くすのき》は、木が多いところでも他の木に混じって立っていません。野放図に繁《しげ》った様を想像すると不気味だけれど、「千枝《ちえ》に分かれて」*と、恋する人の千々に乱れる心のたとえとして歌に詠まれているのは、「誰が枝の数を知って言い始めたのかしら」と思って、心惹《こころひ》かれるのです。

　檜《ひのき》もまた、身近に生える木ではないけれど、「三葉《みつば》四葉《よつば》の殿づくり」と催馬楽《さいばら》に言われるのも、興味深く思えます。その雫《しずく》が五月雨《さみだれ》の真似《まね》をする、と唐の詩にあるというのも、素敵。

　小ぶりの楓に生えてきた葉の先が赤みがかって同じ方向に広がる様、そしてとてもはかなげな花が、虫などがひからびたのに似ているのも、面白いのです。

　あすはひの木、と言われるあすなろ。この近辺では見たことも聞いたこともないけれど、御嶽詣《みたけもう》でから帰ってきた人などが持ってくるようです。枝ぶりなどは、手を触れられそうにないほど猛々しい感じだけれど、どういうつもりで〝明日は檜の木〟と名付けたのかしら。虚《むな》しい約束でしょうに。誰にお願いしたのかと、聞いてみたくて愉快なのです。

　ねずみもちの木は、他の木と同等に扱われるほどでもありませんが、葉がとても細かくて小さいのが、見所。

　楝《おうち》の木。山橘《やまたちばな》。山梨の木。

＊「和泉なる信太の森の楠の木の千枝に分かれてものをこそ思へ」（古今六帖、二）

椎《しい》の木。常緑樹はどれも同じなのに、椎の木だけが葉替えをしないたとえとして詠＊まれているのが素敵です。

白樫《しらかし》という木は、まして山奥に生える木の中でもとりわけ人目につかないもので、三位《さんみ》や二位の人の袍《ほう》を染める時くらいに、せいぜい葉だけを見ることがあるようですから、面白いこと、素晴らしいこととあえて言うほどでもないのです。けれど、一面に雪が降り積もっている様と見間違えられ、素盞嗚尊《すさのおのみこと》が出雲《いずも》国にいらっしゃることを思って人麻呂《ひとまろ》が詠んだ「あしひきの山路《やまぢ》も知らず白樫の枝にも葉にも雪の降れれば」という歌など思えば、うっとりとするもの。その折々につけ、どこか一つでも、うっとりしたり惹かれたりすることが耳に残るものは、草も木も鳥も虫も、おろそかには思えません。

たっぷり房々として艶っぽく、茎が真っ赤で輝くように見えるゆずり葉は、上品とは言えないけれど、魅力的です。普段の月には見かけないけれど、大晦日《おおみそか》だけは出番がやってきて、亡き人へのお供えに敷くものにするのかと思えばしみじみするのですが、一方では寿命を延ばす歯固めの品としても使うようです。どんな時だったのでしょう、「旅人に宿かすが野のゆづる葉の紅葉せむ世や君を忘れむ＊＊」と詠まれているのも、忘れないでいてくれるのかと頼もしいこと。

柏木《かしわぎ》も、とてもよいものです。〝葉守りの神〟がいるというのも畏れ多く、兵衛《ひょうえ》の督《かみ》、佐《すけ》、尉《じょう》などのことを「柏木」と言うのも素敵なのです。変な姿ではあるけれど、棕櫚《しゅろ》の木は唐風《からふう》で、庶民の家の木には見えません。

四一

鳥は　異国のものだけれど、鸚鵡《おうむ》はとても素敵です。人の言うことを真似《まね》するのだとか。

ほととぎす。水鶏《くいな》。鴫《しぎ》。都鳥《みやこどり》。鶸《ひわ》。ひたき。

山鳥は、友を恋しがって、鏡を見せると気がまぎれるというのが、純真でとてもいじらしいもの。雌と雄が谷を隔てている時など、ひどく可哀想なのです。

鶴は、いかにもことごとしい姿ですが、「鳴き声が天にまで聞こえる」と詩経にあるというのが、とても立派です。

頭が赤い雀《すずめ》。斑鳩《いかるが》の雄。たくみ鳥。

＊「はし鷹のとかへる山の椎柴の葉がへはすとも君はかへせじ」（拾遺集、十九雑恋　読人しらず）

＊＊古今六帖、拾遺集より。ゆずり葉は紅葉しない。

鷺《さぎ》は、見た目も実に感じが悪いものです。目つきなども気味悪く、何かと親しみを持ちづらいけれど、「ゆるぎの森で、『独り寝などするものか』と争う」*というのが、面白いもの。

水鳥の中では、鴛鴦《おしどり》がたいそう素敵です。互いに居場所を交替して、羽の上の霜**を払うという時など。

千鳥も、とても素敵。

鶯《うぐいす》は、漢詩などでも素晴らしいものとして詠まれ、鳴き声をはじめとして姿かたちもあれほど上品で可愛らしいのに、内裏《だいり》の中で鳴かないのが、どうにも感心しません。誰かが「宮中では鳴かないのだ」と言ったのを聞いて、そんなことはなかろうと思っていたけれど、十年ばかり宮中にお仕えして聞いていましたが、本当に全く音もしなかったのです。竹の近くに紅梅もあって、しょっちゅう通ってきてもいい具合の場所なのに。

宮中から退出して耳を立ててみれば、粗末な家のたいしたことのない梅の木などでは、鶯がうるさいほどに鳴いています。夜に鳴かないのも、眠り過ぎのような気がするけれど、今さらどうしようもありません。

夏から秋の末まで老けたような声で鳴いて、下々の者は鶯を「虫食い」などと、名を変えて呼ぶのが残念ですし、変な気がします。それも、ただ雀などのようにいつもいる鳥ならば、それほどは思いますまい。春に鳴くものだからこそ、なのでしょう。「年たちかへる」などと、詩情あふれる言葉で和歌にも漢詩にもつくられているわけで、やはり春の間にだけ鳴く鳥であったら、どんなに素敵なことか。

人間にしても、人並み以下で、世間から見くびられだしたような人を、ことさら悪く言うことがありましょうか。鳶《とび》や烏《からす》などについても、あえてじっくり見たり声に聞き入ったりする人など、どこにもいません。そんなわけで、鶯は素晴らしくて当然と思うからこそ、納得のゆかない気持ちがするのです。

賀茂《かも》祭の帰りの行列を見ようと、雲林院《うりんいん》、知足院《ちそくいん》などの前に車を停《と》めていた時、こらえきれないのかほととぎすが鳴きだしたのを、鶯がとても上手に真似をして、高い木立《こだち》の中で声を合わせて鳴いていたのは、さすがに素敵でした。

ほととぎすは、改めて言うこともありません。いつの間にか得意げに鳴いていて、卯《う》の花や花橘《はなたちばな》などにとまって見え隠れしているのも、心憎いのです。

五月雨《さみだれ》が降るみじか夜に目を覚まし、どうにかして人より先にほととぎすの初音を聞こうと待っていると、深夜に鳴き出した声は上品で愛らしく、心がそちらに飛んで

＊「高島やゆるぎの森の鷺すらも独りは寝じと争ふものを」（古今六帖、六）

＊＊「羽の上の霜うちはらふ人もなしをしのひとり寝けさぞかなしき」（古今六帖、三）

＊＊＊「あら玉の年たちかへる朝《あした》より待たるるものは鶯の声」（拾遺集、一春　素性法師）

いってしまいそうで、抑えきれません。六月になれば、声もたてなくなってしまうとも、その素晴らしさは全て、言わずと知れたことでしょう。

夜に鳴くもの、それは何でも全て素晴らしいのです。赤ちゃんだけは、例外だけれど。

四二

高貴なもの。
薄紫色の袙《あこめ》の上に重ねた、白襲《しらがさね》の汗衫《かざみ》。
鴨《かも》の卵。
削り氷《ひ》に甘葛《あまずら》を入れて、新しい銀の器に盛ったもの。
水晶の数珠《じゅず》。
藤《ふじ》の花。
雪化粧した梅の花。
たまらなく可愛い子供が、木苺《きいちご》など食べている姿。

四三

虫は　鈴虫。蜩《ひぐらし》。蝶《ちょう》。松虫。こおろぎ。きりぎりす。われから。蜉蝣《かげろう》。蛍。

みのむしは、とてもかわいそう。鬼が生んだということなので、「自分に似て、この子も恐ろしい心を持っているのだろう」と親が粗末な着物を着せ、「もうすぐ、秋風が吹く頃にまた来るから、待っておいで」と言い残して逃げていったのも知らず、音で秋風を知る八月頃になると、「ちちよ、ちちよ」と弱々しく鳴くのが、とてもかわいそうなのです。

ぬかずき虫、これまたかわいそう。小さな虫なりに信心を起こして、ぬかずいて回っているのでしょう。思いがけず、暗い場所などでことことと音をたてて歩いているのは、面白いのです。

蠅《はえ》こそ、「虫は」ではなく「憎たらしいもの」に数えたいくらいで、可愛げが無いといったらありません。一丁前の敵扱いするほどの大きさではないのですが、秋などはやたらと何にでもとまり、人の顔などにも濡《ぬ》れた脚でとまる始末。人の名に「蠅」の字を使っているのは、ひどく気持ちが悪いものです。

夏虫は、とても人なつこく可愛いのです。灯火を手元に寄せて物語など眺めている時、草子《そうし》の上など飛び歩く様子が、たいそう愉快なもの。

蟻《あり》はとても嫌なものだけれど、その身軽さは素晴らしくて、水の上などを、ひたすら歩き回っているのが、面白い……。

四四

七月頃、風が激しく吹いて雨などやかましく降る日、大概はすっかり涼しくなっているので扇も忘れている時に、汗の香がほんのり漂う綿入れの薄い着物をしっかりとかぶって昼寝している気分はもう、最高。

四五

似合わないもの。
下衆《げす》*の家に、雪が降るの。月の光が差し込むのも、もったいない。
月の明るい夜、屋形の無い車が行き合うの。そんな粗末な車に、上等の黄牛《あめうし》をつけているのも。

また、いい年をした女がお腹《なか》を大きくして歩いている姿。若い夫を持っているだけでも見苦しいのに、「他の女のところへ行った」と腹を立てるなんて。寝ぼけているおじいさん。また、髭《ひげ》も伸び放題のそんなおじいさんが、椎《しい》の実をかじっている姿。歯もない老女が、梅を食べて酸っぱがっているのも。紅《くれない》の袴《はかま》を着ている下衆女。** 近頃は、そんな人達ばかりのようだけれど。靫負《ゆげい》の佐《すけ》の、夜の巡回の姿。狩衣《かりぎぬ》姿も、まったくなっていません。人から怖がられる赤色の袍《ほう》は仰々しくて、うろうろしている姿を見れば馬鹿みたい。「怪しい者はいないか」と尋ねていると思ったら女房の局《つぼね》に入り込み、いつも漂わせている薫香が染み込んだ几帳《きちょう》に袴がひっかけてあったりして、まったくどうしようもありません。美形の君達《きんだち》が、弾正台《だんじょうだい》の次官でいらっしゃるのは、見るにしのびないものです。宮の中将*** などの在職中は、本当に残念なことでした。

＊ 貴族ではない、一般庶民。
＊＊ 下女。
＊＊＊「宮の中将」 源頼定。宮家の美貌の君達が、警察・検察等の荒っぽい業務を担当する弾正台の次官に就いていたのを残念がっている。

四六

宮中の細殿《ほそどの》に女房達が大勢で座り、あけすけな話などしている時、小ぎれいな従者《ずさ》や小舎人童《こどねりわらわ》などで、立派な包みや袋に着物を包んで、その端から指貫《さしぬき》の紐《ひも》などがのぞいているのや、弓、矢、楯《たて》などを持って歩くのを見て、

「どなたのものなの」

と女房が問うた時、ひざまずいて、

「何某殿《なにがし》のです」

と言って行く者は、好ましいものです。気取ったり、恥ずかしがって「存じ上げません」と言ったり、何も言わずに行ってしまう者は、とても腹立たしいのです。

四七

主殿司《とのもりづかさ》*の女官《にょうかん》こそ、やはり何といっても素敵なお役目です。下級の女官からしたら、これほど羨ましいものはありません。良家のお嬢さんにもさせてみたいようなお勤め

でしょう。若くて美しい人が服装なども整えて勤めているのは、一層よいもの。少し年をとり、色々な先例もわかって堂々としているのも、しっくりと相応《ふさわ》しくて安心して見ていられます。

可愛い顔をした主殿司の女官を一人召し抱え、季節に合った装束を着せて、裳《も》、唐衣《からぎぬ》など流行のものにして歩かせてみたい、と思うのです。

四八

男の召使いで言ったら、随身《ずいじん》**がいい感じ。どれほど華やかで素敵な君達《きんだち》であっても、随身がついていないと、たいそうがっかりするものです。弁官《べんかん》などは、とても立派な官職だと思われているけれど、下襲《したがさね》の裾《しり》が短くて、随身がついていないところが、駄目なのです。

＊ 後宮で、掃除や薪炭を取り扱う部署。
＊＊ 朝廷が任命する護衛。

四九

中宮職《しき》内の仮の御座所の西の立蔀《たてじとみ》のところで、頭《とう》の弁《べん》の藤原行成《ゆきなり》様*がずっと立ち話をしていらっしゃるので、出て行って、

「そこにいるのはどなた」

と言うと、

「弁でございます」

とおっしゃいました。

「何をそんなに話し込んでおられるのですか。あなたの上司の大弁がお越しになれば、あなたはふられてしまうでしょうに」

と言えば大笑いして、

「誰が、そんなことをまた言いふらしたのでしょう。『どうかそんなことはしないで下さい』と頼み込んでいるのです」

とおっしゃいます。

行成様は、ことさら目立とうとしたり、風雅な様子を見せつけたりするようなことはせず、普通にしているのを、皆は「そういう人なのだ」と思っているけれど、私は深みのあるお心を知っているので、

「どこにでもいるような人ではありません」

などと中宮様にも申し上げ、また中宮様もそのように思われていました。行成様とはいつも、

「『女は、自分を褒める者のために化粧をする。男は、自分を理解してくれる者のために死ぬ』という話がありますよ」

と語り合ったりして、私が彼のことを理解していることを、よく知っているのです。頭の弁と私は「遠江《とおつおうみ》の浜柳のように、離れてもまた会う仲でいましょう」と言い交わしているのですが、若い女房達は、気持ちのままに他人の難点を歯に衣《きぬ》をきせずあげつらい、

「行成様ときたら、ひどくとっつきにくいこと。他の人のように、歌をうたって楽しんだりもしないから、白けるのよ」

などと非難するのです。

それでも行成様は、誰彼となく口をきくなどということもせず、

＊　三蹟《さんせき》の一人。清少納言とは通じるものがある。九段に既出。

＊＊　「女は……」　史記より。行成は清少納言のことを「漢文を知る女」と認識している。

＊＊＊　「遠江の浜柳」「霰降り遠つあふみのあど川柳刈れどもまたも生ふちふあど川柳」（万葉集、七、旋頭歌）。「刈る」と「離《か》る」、「生ふ」と「逢ふ」の掛詞。

「私は、目が縦について、眉は額までつりあがり、鼻が横向きだとしても、ただ口もとが可愛らしく顎の下や首がきれいで、耳障りにならない声の人だけが、好きになれそうだな。とはいえやっぱり、顔がひどく不細工な人は、嫌だけれどね」

とばかりおっしゃるので、顎が細くて可愛げの無い女房などはむやみに敵視して、中宮様にまで悪《あ》し様に申し上げるのでした。

行成様は、中宮様に何か申し上げる時でも、最初に口をきいた人である私を訪ね、局《つぼね》に下がっている時も呼び出して、いつも来てはおしゃべりをし、里に戻っていれば文《ふみ》を書いたり、また自らおいでになったりして、

「あなたの参内《さんだい》が遅れるようなら、『行成がこう申しています』と、取り次ぎのために中宮様に使者を参上させてほしい」

とおっしゃるのです。

「そんなことをする女房は他にもおりますでしょうに」

と辞退しても、「そうはいかない」というご様子でいらっしゃいます。

「何事もあるもので行い*、柔軟に対処するのが、よしとされるようですよ」

とおせっかいを言ってみたけれど、

「これが私の性分だからね」

と一言。さらには、

「変えられないのが、心というもの**」

とおっしゃるので、

「では『改めるのに躊躇《ちゅうちょ》はいらない』とは、何を言うのでしょう」

と不審がれば、行成様は笑いながら、

「あなたと私は、仲が良いなどと人にも言われています。これほど親しく付き合うからには、恥ずかしがることもないでしょう。顔くらいお見せ***ください」

とおっしゃいました。

「私はひどい不細工なので、そんな人は好きになれそうにないと前におっしゃいましたから、お目にかかれないのです」

と言えば、

「なるほど、憎らしくなるといけないな。ではもう顔を見せてくださるな」

と、行成様。その後は、自然に顔が合ってしまいそうな時すら、顔を覆ったりしてこちらをご覧にならない様子にも、「真剣だったのね、いい加減なことはなさらないのだわ」と私は思っていました。そんな三月の末頃、冬物の直衣《のうし》は着づらいのでしょ

*　「何事もあるもので行い……」　九条師輔の遺誡《いかい》にある言葉より。

**　白氏文集によるか。清少納言の次の発言は、論語を引く。

***　女性が男性に顔を見せることは、深い関係になることと限りなく近い。

うか、袍《ほう》だけという殿上《てんじょう》の間《ま》の宿直《とのい》姿も見られる早朝、日が昇る頃まで式部のおもとと小廂《こびさし》の間に寝ていると、奥の引き戸をお開けになって帝《みかど》と中宮様がお出ましになり、起きるにもまごつく私たちのことを、お二方はおおいにお笑いになりました。汗衫《かざみ》の上にただ唐衣《からぎぬ》だけをはおり、夜具だの何だのとに埋《うず》もれている私たちの近くにいらっしゃって、お二方は陣から出入りする者達をご覧になります。お二方がいらっしゃるとは全く知らずに立ち寄って、話しかけたりする殿上人《てんじょうびと》などがいるのですが、

「我々がいると知られないように」

と帝はおっしゃって、お笑いになりました。そうしてお帰りになる時、

「二人とも、一緒に」

と私たちにおっしゃるのですが、

「今すぐ、顔などきちんと整え終わりましてから」

と、参上しませんでした。

お二方が奥にお帰りになった後も、やはりご立派だったわねぇ、などと式部のおもとと話しながら座っていると、南側の引き戸の近くの、几帳《きちょう》の横木がつき出ているのにひっかかって、簾《すだれ》が少し開いているところから黒っぽいものが見えるのです。則《のり》隆《たか》*がいるのだろうと、確かめもせずにそのまま他の話などしていると、やけににこやかな顔がぬっと出てきたのですが、やはり則隆だろうと目を向けたところ、違う人の

顔が。

「あらひどい」と笑いさわぎ、几帳を引きなおして隠れると、それは行成様でいらしたのです。お目にかからないようにしていたものを、悔しいといったらありません。一緒にいた式部のおもとはこちらを向いていたので、顔を見られてはいないのです。

行成様が姿を現し、

「すばらしい。全て見てしまったよ」

とおっしゃるので、

「則隆だと思っていたので、油断していました。どうして『見たくない』とおっしゃっていたのに、そんなにまじまじとご覧になったのですか」

と言えば、

「『女の寝起きの顔を見るのはとても難しいもの』と言いますから、ある女房の局に行って覗《のぞ》き見をして、他の人も見ることができるかも、と来たのです。まだ帝がいらっしゃった時からいたことに、気づかなかったでしょう」

ということで、それからは私の局の簾をくぐって、入り込んだりなさるようだったのでした。

＊清少納言の前の夫・橘則光の弟で、蔵人。

五〇

馬は、真黒で、ほんの少しだけ白い毛があるの。紫の斑が入った葦毛《あしげ》。薄紅梅《うすこうばい》の毛色で、たてがみや尾などは純白のもの。まさに「木綿髪《ゆうかみ》」とも言えるでしょう。四本の脚が白い黒馬も、とても素敵。

五一

牛は、ほんの少々、額に白い毛があって、お腹《なか》の下、脚、尾などは、すっかり白いもの。

五二

猫は、背だけ黒くて、お腹は真白なもの。

五三

雑色《ぞうしき》や随身《ずいじん》は、少し痩せてすらりとした者が好ましいのです。従者《ずさ》は、やはり若いうちはそんな風なのがよいもの。ひどく太っている者は、眠たそうに見えます。

五四

小舎人童《こどねりわらわ》は、小柄で、きちんと美しく整えた髪はさらさらでつややか、爽やかな声で、緊張した様子で何か言うのが、上品です。

五五

牛飼《うしかい》は、身体《からだ》は大きく髪はぼさぼさ、赤ら顔で機転がききそうな者。

五六

殿上《てんじょう》の間《ま》での「名対面《なだいめん》」＊こそ、やはり興味深いのです。帝《みかど》の御前《おまえ》に蔵人《くろうど》が侍《はべ》っている時は、そのままで点呼となるのも、面白いもの。名対面を終えた人達が足音とともにどやどや出て来るのを、弘徽殿《こきでん》の上《うえ》の御局《みつぼね》の東面《ひがしおもて》のところで、私たちは耳を澄まして聞くのですが、その中に〝知っている人〟の名が混じる女房はいつも、はっと胸がときめくことでしょう。また、居所もろくに知らせない男の名など、この時に耳にした女房は、どんな思いがすることでしょうか。

「名乗りっぷりがいいわね」

「この人は駄目」

「聞きづらい」

などと品定めするのも、楽しいものです。

名対面が終わった様子が聞こえてくる頃、滝口《たきぐち》の武士が弓弦《ゆづる》を鳴らし、沓《くつ》の音をたてて騒がしく出て来ると、蔵人がうんと大きな音で板敷を踏み鳴らし、東北の角の高欄に、〝高ひざまずき〟という座り方で帝の御前の方に向かい、滝口の武士には背を向けて、

「誰それはいるか」

と問うのがまた、面白いもの。

滝口の武士は高く細く名乗り、また「全て揃《そろ》いませんので、名対面は行いません」ということを申し上げるのですが、

「どうしてか」

と蔵人が尋ねたならば欠員の理由を申し上げ、蔵人はそれを聞いて帰るものなのです。ところがある時、蔵人の源方弘《まさひろ》はそのことを聞かなかったということで君達《きんだち》が注意したところ、方弘はひどく怒って滝口を叱るやら追及するやらで、滝口にまで嗤《わら》われてしまいました。

また方弘は、後涼殿《こうろうでん》の御厨子所《みずしどころ》にある、御膳《おもの》を置く棚に沓を置いて、皆が大騒ぎし

＊宮中に宿直《とのい》する殿上人の点呼。

ているのに、本人まで騒ぎに加わっていました。

「誰の沓なのだろう」

「知らないわ」

と、主殿司《とのもりづかさ》や女房達が言っているところに、

「あれあれ、方弘の汚いものですよ」

と自分で言って、さらに騒がれていたのでした。

五七

悪くない身分の若い男性が、下働きをする下衆女《げすおんな》の名を呼び慣れた様子で口にするのは、気に食わないものです。知っていても、「何といったか」と、全ては憶《おぼ》えていないように呼ぶのがよいのです。

下衆女を呼びたいのなら、夜などは都合が悪いにしても、宮中ならば女房の局《つぼね》に寄って主殿司《とのもりづかさ》を連れて、また宮中以外の場所では侍所《さむらいどころ》にいる者を連れてでも、呼ばせるべきなのです。本人が直接呼んだのでは、誰の声かはっきりわかってしまうでしょうに。

とはいえ年少の下女や童女《わらわめ》などは、直接呼んでもよいと思いますけれど。

五八

若い人や幼な子達は、太っているのがよいのです。受領《ずりよう》など一人前になった人も、ふくよかなのが好ましいもの。

五九

幼な子は、粗末な弓や、枝のようなものをふりかざして遊ぶ姿が、とても可愛らしいものです。車など止めて、抱き入れて眺めてみたいと思います。そうして車が進むうち、薫物《たきもの》の香がうんと漂ってきたら、なんて素敵なことでしょう。

六〇

立派な邸《やしき》の中門が開いていて、ぴかぴかに美しい檳榔毛《びろうげ》の車が、蘇枋《すおう》色の下簾《したすだれ》の鮮やかな色合いを見せて轅《ながえ》を台に立てかけてあるのは、素晴らしい眺めです。五位や六位といった者達が下襲《したがさね》の裾《しり》を石帯《せきたい》にはさんで、真新しい笏《しゃく》に扇を添えて持つなどして行き来したり、また正装して壺胡簶《つぼやなぐい》を背負った随身《ずいじん》が出入りしたりしているのは、いかにも立派な方の邸らしい光景なのです。

小綺麗《こぎれい》な台所女が出て来て、

「何々様のお供はおいでですか」

などと言うのも、面白いもの。

六一

滝は　音無《おとなし》の滝。

布留《ふる》の滝は、法皇がご覧においで遊ばしたというのが、素晴らしいことです。

那智《なち》の滝は、熊野にあるということで、想像がふくらみます。

轟《とどろき》の滝は、どれほどうるさく、恐ろしいことか。

六二

川は飛鳥《あすか》川。淵《ふち》も瀬も*定まらずどうなってしまうのか、というのが素敵。大井川。音無《おとなし》川。七瀬《ななせ》川。

耳敏《みみと》川。また何を耳ざとく聞いていたのかと、面白い感じ。玉星《たまほし》川。細谷《ほそたに》川。五貫《いつぬき》川、沢田川といった川は、催馬楽《さいばら》などが思い出されるようです。

名取《なとり》川。どんな〝評判《名》〟を取ったのでしょうと、聞いてみたいものです。吉野《よしの》川。

天《あま》の川原は、「織姫に宿を借りよう」**と業平《なりひら》が詠んだのも、素敵。

＊「淵も瀬も……」──「世の中は何か常なる明日香川きのふの淵ぞ今日は瀬になる」（古今集、十八雑下　読人しらず）

＊＊「狩り暮し機織女《たなばたつめ》に宿借らむ天の川原に我は来にけり」（古今集、九羇旅　在原業平）

六三

明け方に女のところから帰ろうとする人は、身なりをやたらときちんと整えたり、烏帽子《えぼし》の緒を、元結《もとゆい》にしっかり結びつけたりしてほしくないと思います。ひどくだらしなく、直衣《のうし》、狩衣《かりぎぬ》などが見苦しく着崩れていても、誰がそれを見て、嗤《わら》ったり誹《そし》ったりしましょうか。

男の人は、やはり明け方の振る舞いにこそ、気を遣うべきなのです。しぶしぶと、どうしようもなく起きづらそうな男を無理矢理せきたてて、

「夜が明けてしまいましたよ、まあみっともない」

などと女に言われて溜息《ためいき》をつく様子も、いかにも満ち足りず、帰るのがつらいのだろうと見えるもの。指貫《さしぬき》なども、座ったまま身につけようとせず、ちょっと女に近寄って、夜に語り合ったことの続きを女の耳にささやき、何をするというわけでもないようなのに、一方では帯など結んでいるようです。格子を押し上げ、妻戸《つまど》のある所ならそのまま女を一緒に連れていって、離れて過ごす昼の間は夜が待ち遠しいであろうなどとつぶやきながらすべるように出ていったりすると、女としてはついじっと見送ってしまい、名残も惜しいというものでしょう。

反対に、思い出したことがあるらしく、たいそうあっさりと起き出す男もいます。

落ち着き無く指貫の腰紐《こしひも》をごそごそと結び、直衣、袍《ほう》、狩衣であっても袖をまくり上げて無理に手を通し、帯を強くしっかり結び終え、ひざまずいて烏帽子の緒をきゅっと強く結び込めて頭に据えた音がしたかと思えば、扇や畳紙《たとうがみ》など、昨夜枕元に置いておいたけれど自然と散らばってしまったものを探すのですが、暗い中でどうして見つかりましょう。

「どこだ、どこだ」

と、その辺を叩《たた》きまわしてやっと見つけ、扇をばたばたと使い、畳紙を懐に差し込んで、

「失礼するよ」

とだけ、言うようなのです。

六四

橋は　あさむづの橋。長柄《ながら》の橋。あまびこの橋。浜名《はまな》の橋。一つ橋。うたたねの橋。佐野の船橋《ふなばし》。堀江の橋。かささぎの橋。山菅《やますげ》の橋。おづの浮橋《うきはし》。一筋にかかっている、棚橋《たなはし》。一筋では狭いようだけれど、名前を聞くと素敵です。

六五

里は　逢坂《おうさか》の里。ながめの里。寝覚《いざめ》の里。人妻《ひとづま》の里。たのめの里。夕日の里。つまとりの里は、妻を人に取られたのか、それとも自分が人妻を取ったのかと、興味が湧きます。
伏見《ふしみ》の里。朝顔の里。

六六

草は　菖蒲《しょうぶ》。菰《こも》。

葵《あおい》は、とても素敵です。神代《かみよ》の頃から、頭に飾る挿頭《かざし》となっていたというのが、なんとも立派なこと。葉の形も、とても良いのです。

沢瀉《おもだか》は、名前が面白いもの。鼻高々なのかしら、という感じです。

三稜草《みくり》。蛇床子《ひるむしろ》。苔《こけ》。雪間からのぞく若草。こだに。

酢漿《かたばみ》は、綾織《あやおり》の模様になっているのが、他の草より良いところ。

あやう草は、崖っぷちに生えているというのが、なるほど危なっかしいのです。

いつまで草は、これまたはかない感じで、いとおしいものです。崖っぷちの草よりも、こちらの方が崩れやすいのではないかしら。本当の漆喰壁《しっくいかべ》などには、とても生えないと思われるのが、欠点です。*

ことなし草は、思っている事を成すのかと思うと、素敵。

しのぶ草は、何だか可哀想。道芝《みちしば》、とても素敵。茅花《つばな》も、素敵。蓬《よもぎ》も、とても素敵。山菅《やますげ》。ひかげ。山藍《やまあい》。浜木綿《はまゆう》。葛《くず》。笹《ささ》。青つづら。なずな。苗。浅茅《あさじ》、とても素敵。

蓮《はす》の葉は、他の草々よりも際立って素晴らしいものです。「妙法蓮華《みょうほうれんげ》」のたとえでも、花は仏様にお供えし、実《み》は貫いて数珠《じゅず》にし、念仏して極楽に往生する縁とするものなのですから。また、他の花が咲かない夏の頃、緑色の池の水に紅色の花が咲くのも、とても素晴らしいもの。「翠翁紅《すいおうこう》」とも、漢詩に作られているのです。

唐葵《からあおい》は、日の光がうつろうにつれて傾くというのが、草木らしからぬ心根です。

さしも草。八重葎《やえむぐら》。つゆくさは、色があせやすいのが、残念なところ。

＊「壁に生ふるをば、いつまで草といふなり」（能因歌枕）

六七

草の花は、なでしこ。唐《から》のものはもちろん、日本のものも素晴らしいものです。女郎花《おみなえし》。桔梗《ききよう》。朝顔。刈萱《かるかや》。菊。壺《つぼ》すみれ。

りんどうは、枝などもすっきりしないけれど、他の花々がすっかり霜枯れした頃に、目にも鮮やかな色合いの花が顔を出すのが、とても素敵。

また、わざわざ取り立てて一丁前の花として見るほどのものでもないけれど、かまつかの花は可愛らしいものです。名前は、変な感じだけれど。雁《かり》の来る花、と文字では書くのです。

かにひの花は、色は濃くないけれど、藤《ふじ》の花ととてもよく似ていて、春と秋に咲くのが、面白いところ。

萩《はぎ》。たいそう深い色合いで、しなやかな枝に咲いた花が、朝露に濡《ぬ》れて重たげにうなだれ広がっているのに、牡鹿《おじか》がとりわけ好んで近寄るというのも、特別な感じ。

八重山吹《やえやまぶき》。

夕顔は、花の形は朝顔に似て、名を続けて言えばとても素敵そうな花の姿だけれども、実《み》の格好ときたら、どうにも残念なもの。どうしてあのように大きくなってしまったのでしょう。せめて、ほおずきなどというものくらいの大きさであればいいのに。とはいえやはり、夕顔という名だけは、素敵だけれど。

しもつけの花。葦《あし》の花。

ここにすすきを入れないのはどうしたっておかしい、と人は言うようです。秋の野の一面に広がる見事さは、すすきこそのもの。濃い蘇枋《すおう》色の穂先が、朝露に濡れてなびいている様子ほど、素晴らしいものがありましょうか。けれど秋の終わりというのが、どうにも見所の無い頃合いなのです。色とりどりに咲き乱れていた花が跡形もなく散り果てた後、すすきだけが冬が終わるまで、頭がすっかり白くぼさぼさになっているのも知らずに、昔を懐かしむような顔で風になびいてゆらゆらと立っているのは、老いた人によく似ています。このようになぞらえてしまうからこそ、寂しい気持ちになるのでしょう。

六八

歌集は、万葉集。古今集。

六九

歌の題は、都。葛《くず》。三稜草《みくり》。駒《こま》。霰《あられ》。

七〇

気がかりなもの。

十二年も下山ができない比叡山《ひえいざん》籠り修行をしている法師の母親。

闇夜に知らない場所に行って、*目立たないように火も灯《とも》さず、それでも行儀よく並んで座っている時。

新たに召されたばかりで、その性質もよくわからない従者《ずさ》に、貴重なものを持たせてお使いに出したら、戻りが遅くなった時。

まだ話すこともできない乳飲み子が、人に抱かれようともせず、そっくりかえって泣いている時。

七一

比べようがないほど違うもの。

夏と冬と。夜と昼と。雨が降る日と晴れの日と。人が笑うのと怒るのと。年老いたのと若いのと。白いのと黒いのと。好きな人と嫌いな人と。

同じ人であっても、自分に好意を寄せている時と心変わりした時とでは、まったく別人かと思われるものです。

火と水と。太った人と、痩せている人。髪の長い人と、短い人と。

七二

枝にとまった夜烏《よがらす》たちが、真夜中頃に寝ぼけて騒ぐの。枝から落ちてうろたえたり、枝を伝って寝起き声で鳴いているのは、昼に見るのと違って、面白く思えます。

＊主人の訪問先である見知らぬ邸宅で闇夜に待つ従者の不安。

七三

人目を忍ぶ逢瀬《おうせ》の場は、やはり夏が素敵。ひどく短い夜が明ければ、一睡もせず仕舞いに。そこら中を開け放したままにしてあるので、外が涼しく見渡されるのです。それでもまだ話したいことがあるので互いに答えたりしているうちに、座っているすぐ上の方から、烏《からす》が高く鳴いて飛び立てば、見られていたようでおかしいのでした。

また、ひどく寒い冬の夜、夜具に埋もれ伏して耳を澄ましていると、鐘の音がまるで夜の底から響くようで、素敵。鳥の声も、はじめは羽の中にくちばしを埋めたまま口ごもるように鳴くので、とても奥深く遠くに聞こえますが、夜が明けるにつれて近くに聞こえるのも、面白いものです。

七四

恋人として通ってくる男性の場合は言うまでもなく、ただ少し親しく話をしたり、また、それほどではないにしてもたまたま立ち寄ったりする男性が、簾《すだれ》の内に女房達が大勢でおしゃべりなどしているところに座り込んですぐ帰りそうではないのを、お供の郎等や童《わらわ》などがちょこちょこと覗《のぞ》きこんでは様子を見て、「この分では斧《おの》の柄《え》も朽ちそうだ」と、ひどくわずらわしそうに長々とあくび。人には聞こえないように、と思って言うのでしょうが、

「ああ、やってられない。煩悩苦悩というものだ。夜といってももう夜中だろうよ」

と言うのは、まったく不愉快なものです。そのように言う者のことは、別に何とも思わないけれど、座り込んでいる主人こそ、かねて「素敵」と見聞きしていた評判まで、消え失《う》せるような感じがします。

また、それほどはっきりとは口に出せずに、「あーあ」と声高に言って溜息《ためいき》をつくのも、「下行《ゆ》く水の……*」と、気の毒なものです。

立蔀《たてじとみ》、透垣《すいがい》などの近くで、

「雨が降り出しそうだな」

などと聞こえよがしに言うのも、たいそう気に入りません。

本当に立派な方のお供の者などは、そのようなことはしないものです。君達《きんだち》などの

＊「心には下行く水のわき返り言はで思ふぞいふにまされる」（古今六帖、五）。心の底ではいらつく思いが沸きかえっている。

身分のお供は、まあまあ。それ以下の身分の者のお供は皆、こんな風なのです。大勢の従者《ずさ》の中でも、気だてを見極めた上で、連れて歩きたいものだと思います。

七五

めったにないもの。

舅《しゅうと》に誉《ほ》められる婿。また、姑《しゅうとめ》に可愛がられる嫁。

毛がよく抜ける銀の毛抜き。

主人の悪口を言わない従者《ずさ》。

全く癖の無い人。

容姿も性格も態度も優れていて、生きている間、少しもあやまちの無い人。

同じ局《つぼね》に住んでいる人で、互いに遠慮し合い、四六時中気配りをしていると思っていても、一度も欠点を見せないというのは、難しいものです。

物語や歌集などを書き写す時、元の本に墨をつけずにいること。素晴らしい本などは、細心の注意を払って書き写すのだけれど、毎度必ず、汚してしまうようなのです。

男女の仲については、言いますまい。女同士にしても、いくら深く付き合っていても、最後まで仲が良い人はめったにいないものです。

七六

宮中の局《つぼね》は、細殿《ほそどの》*がとても素敵。蔀《しとみ》の上半分を上げれば、風がよく通って、夏でもとても涼しいのです。冬は、雪や霰《あられ》が風と一緒に吹き込んでくるのも、たいそう趣があるもの。狭いので、子供などが訪ねてくるのには具合が悪いけれど、屏風《びょうぶ》の内に隠し入れておけば、他所《よそ》の邸《やしき》の局でのように声高に笑ったりもしないので、具合がよいのです。

宮中では昼間なども絶え間なく気を配っていますし、夜はましてのんびりくつろいでいられそうにないのが、とても素敵です。

一晩中聞こえる沓《くつ》の音がふと止まって、指一本だけで戸を叩《たた》く音に、「あの人のようね」と、すぐに気付くのがまたよいもの。男がずっと叩き続ければ、中で音もしなかったらもう寝入ったのだと思われてしまう、と女は残念に思って、少し身動きをす

＊細長い廂《ひさし》の間《ま》。区切って女房の居室とする。

るその衣《きぬ》ずれの気配に、男は「起きているらしい」と思うことでしょう。冬は、火桶《ひおけ》にそっと火箸《ひばし》を立てる音も、辺りに憚《はばか》っているように聞こえるのですが、男がひどく乱暴に戸を叩くので女もつい声を出してしまったりもする、そんな様子を私は物陰でにじり寄って、耳をそばだてる時もあるのです。

また、大勢の声で詩を唱えたり歌を歌ったりしながらやってくる人達がいると、戸を叩かなくてもこちらで先に開けているので、入ろうとは思っていなかった人も、立ち止まってしまいます。大勢が座る場所も無いので、立ったまま夜明かしするのも、いっそう風流なもの。几帳《きちょう》の帷子《かたびら》が実に色鮮やかで、裾の端が少し重なって見えている局の前で、直衣《のうし》の後ろにほころびが広がった若君達《わかきんだち》や、青色の袍《ほう》など着た六位の蔵人《くろうど》が、遣戸《やりど》のところなどに堂々と寄り添って立つことはできず、塀の方に背中を押し付けて、袖を合わせて立っているのがまた、素敵な眺めなのです。

また、とても濃い色の指貫《さしぬき》に派手な直衣を着て、色とりどりの出《い》だし衣《ぎぬ》を見せている人が、簾《すだれ》ごと外から押すように身体《からだ》半分だけ局に入っているというのも、外から見ると素敵な姿でしょうし、その人が綺麗《きれい》な硯《すずり》を引き寄せて文《ふみ》を書いたり、鏡を借りて髪を直したりしているのも、全て素敵なものです。

三尺の几帳が立ててあると、簾の帽額《もこう》とのあいだには、ほんの少し隙間ができます。外に立っている人と中にいる女房が話をしている時、隙間が顔のあたりにちょうどよくあたっているのが、面白いこと。背丈が高かったり低かったりする人などは、どうなのかしら。やはり普通の背丈の人であれば、目が合うことでしょう。

七七

まして、賀茂《かも》の臨時の祭の調楽《ちょうがく》の時などの細殿《ほそどの》は、とても素晴らしいものです。主殿寮《とのもり》の役人が、長い松明《たいまつ》を高々と灯《とも》し、寒くて首は襟の中に引っ込めて歩くので、松明の先は何かについてしまいそう。上手に演奏し、笛を吹き鳴らす様子に感心していると、君達《きんだち》が束帯《そくたい》姿で局《つぼね》の前に立ち止まって女房達に話しかけてきたりするので、お供の随身《ずいじん》達が、自分が仕える若君のためだけに声を低く短く抑えて先払いをしているのも、楽の音に混じって、いつになく味わい深く感じられるのです。

そのまま戸を開けて待っていると、君達の声で、

「荒田《あらた》に生《お》ふる富草《とみくさ》の花」

と歌っているのは、前よりは少し面白いのだけれど、どれほど生真面目な人なのか、さっさと歩いて行ってしまう人もいるので、女房達は笑うのです。

「ちょっとお待ちなさいな。『どうしてそう、夜（世）を捨ててお急ぎになるのか』

とありますよ」

などと言えば、気分でも悪いのか倒れてしまいそうになり、もしかすると人などが追いかけてきて捕まえでもするのかと見えるほど、うろたえて出て行く人もいるようなのでした。

七八

中宮様が職《しき》の御曹司《みぞうし》にいらっしゃった頃のこと。庭の木立《こだち》などは古色を帯びて深く続き、建物の造りも高く、親しみにくい感じなのですが、どことなく味わいも感じられます。母屋《もや》には鬼がいるというので、南側に建て増しして、南の廂の間《ひさしま》に御几帳《みきちょう》を立てて御座所とし、女房達は又廂の間《またびさしま》に控えていました。

陽明門から左衛門の陣に参上される上達部《かんだちめ》の前駆の声に比べて、殿上人《てんじょうびと》のそれは短いので、大前駆《おおさき》・小前駆《こさき》と名付けて、私達は大騒ぎで聞いています。何度も聞くうちに、その声も皆聞き分けて、「あの人よ」「この人ね」などと言っていると、他の女房が「違うわ」などと言うので、人を遣《や》って見させたりすると、言い当てた者が、「やっぱりそうでしょう」

などと言うのも、面白いものです。

有明《ありあけ》の月の頃、濃く霧がたちこめる庭に女房達が下りて歩くのをお聞きになって、中宮様もお起きになられました。御前《おまえ》に上がっている女房達も皆出て来て、座ったり庭に下りたりして遊ぶうちに、次第に夜が明けてゆきます。

「左衛門の陣に行ってみましょう」

と出かければ、我も我もとついていこうとするその時、大勢の殿上人が大声で、

「……一声《いっせい》の秋*……」

と、詩を口ずさみながらこちらにやってくる音がするので、私達は逃げ戻って、やってきた殿上人と話などしたのです。

「月を見ていらしたのですね」

などと感心して、歌を詠む人もいました。

夜も昼も、殿上人の訪れが途切れることはありません。上達部まで、参内《さんだい》される途中にひどく急ぐことが無い方は、必ずこちらへいらっしゃるのです。

＊「池冷《ひや》ヤカニシテ水ニ三伏《さんぷく》ノ夏ナシ、松高ウシテ風ニ一声ノ秋有リ」（和漢朗詠集、納涼　源英明）より。

七九

とりかえしがつかないもの。

わざわざ思い立って宮仕えに出てきたのに、心が進まない様子で、億劫《おっくう》そうに思っている女房。

不細工な顔の養子。

渋っていた男を無理に婿として迎えておいて、「思うようにならない」と嘆くの。

八〇

得意気なもの。

卯杖《うづえ》を持つ役。御神楽《みかぐら》の進行役。神楽の振幡《ふりはた》というものを持つ者。御霊会《ごりょうえ》の馬の長《おさ》。

村雨《むらさめ》に降られた池の蓮《はす》。傀儡《くぐつ》のことり。

八一

御仏名《みぶつみょう》の次の日、地獄絵の屏風《びょうぶ》を持ってきて、帝《みかど》は中宮様にお見せになっていました。この絵のひどく恐ろしいことといったら、ありません。

「これを見なさい、見なさい」

と中宮様は私におっしゃるけれど、ちらりとも拝見せずに、恐ろしさのあまり、小部屋に隠れて伏していたのです。

その日は雨がひどく降って退屈だということで、殿上人《てんじょうびと》を上《うえ》の御局《みつぼね》に呼んで、楽の演奏がありました。道方《みちかた》の少納言の琵琶《びわ》は、とても見事。済政《なりまさ》の箏《しょう》の琴、行義《ゆきよし》の笛、経房《つねふさ》の中将の笙《しょう》の笛など、皆素敵です。

一回演奏して、琵琶を弾き終わった時に、大納言の伊周《これちか》様が、

「琵琶の声*やんで、物語せんとすること遅し」

と唱えられたので、隠れて伏していた私も起き出して、

「やっぱり、地獄絵を拝見しない仏罰は恐ろしくても、素晴らしい楽には我慢できないのだろう」

と、笑われたのです。

＊「琵琶の声……」白楽天《はくらくてん》「琵琶行」の一節。

八二

頭《とう》の中将《ちゆうじよう》の藤原《ふじわらのただのぶ》 斉信様が、いい加減な噂話《うわさ》を耳にして私のことをさんざん悪く言い、

「どうしてひとかどの人間だと思って誉《ほ》めたりしたのだろう」

などと殿上《てんじよう》の間《ま》でひどいことを言っていた、と聞くのもきまりが悪いのだけれど、

「噂が本当ならともかく、きっと自然に本当のことがお耳に入ることでしょう」

と笑っていたのですが、斉信様は黒戸の前など通る時にも、私の声など聞こえる時は袖で顔を覆って一瞥《いちべつ》もくれず、ひどくお嫌いになるので、私もあれこれ言わず目も向けずに過ごしていました。そんな二月の末頃、大雨が降って退屈な時に、斉信様が宮中の御物忌《おんものいみ》ということで籠《こも》っていました。

「『さすがに寂しくていけない。何か言葉をかけてみよう』と、斉信様がおっしゃっていますよ」

と人々が言うけれど、

「まさか、そんなこと」

などと受け流し、一日中自分の局《つぼね》で過ごして夜に参上すると、中宮様はすでに御寝所《ごしんじょ》へ入られています。女房達は、長押《なげし》の下《しも》に灯《あか》りを取り寄せて、扁《へん》つぎの遊び＊をしていました。

「あら嬉《うれ》しい。早くいらっしゃいな」

などと私を見つけて言うけれど、中宮様がいらっしゃらないのでは気分が盛り上がらず、何をしに参上したのかしらと思うのです。炭櫃《すびつ》の近くにいると、そこにもまた女房達が大勢集まっておしゃべりとなったところに、

「何々が参上しております」

と、とても華やかな声が聞こえてきました。

「変ねぇ、いつの間に。何の用事かしら」

と尋ねさせると、主殿司《とのもりづかさ》なのでした。

「ちょっとこちらに、人づてにではなく申し上げたいことがありまして」

と言うので出ていけば、

「これは、斉信様がお差し上げになるのです。お返事を、お早く」

＊漢字の扁とつくりを合わせる遊び。

と言います。

ひどく私を嫌っておられるのにどんな文《ふみ》を、と思ったのですが、今すぐ急いで見るほどのことでもないので、

「お行きなさい。すぐお返事しましょう」

と、文を懐に入れて戻りました。そのまま皆のおしゃべりを聞いたりしていると、すぐに主殿司が戻ってきて、

「『それならば、さっきのあの文を頂いて来い』と、お命じになります。お返事をお早く、お早く」

と言うのですが、妙な「いせの物語」*だことよ……と見てみれば、青く薄い鳥の子紙に、たいそう美しくお書きになっています。心配していたようなものではなかったのです。

「蘭省花時錦帳下」**

と書いてあり、

「この後の句はいかに、いかに」

とあるのを、「どうしたらいいものかしら、中宮様がいらっしゃればお目にかけたいけれど、物知り顔をして、上手くもない漢字でこの下《しも》の句を書くのも、いかにも見苦しいし……」と思い迷う暇も無く、しきりにせきたてるので、とにかくその紙の端

に、炭櫃にあった消し炭で、

「草の庵《いおり》を誰かたづねん」

と書いて持たせたのですが、その返事はありませんでした。

皆が寝て、その翌早朝に大急ぎで自分の局に下がると、源中将《げんの》の声で、

「ここに〝草の庵〟はいますか」

と仰々しく言うので、

「いやなこと。どうしてそんなぱっとしない者がいましょうか。『玉の台《うてな》』とでもお尋ねになるのでしたら、お応えもしますのに」

と答えました。

「ああ、よかった。局に下がっていたのですね。御前《おまえ》で探そうとしていましたよ」

と、源中将は昨夜のことを語り出します。

「斉信様の宿直所《とのいどころ》に、少し気のきいた者は皆、六位まで集まって、色々な人の噂話を今昔問わず話していた時に、『やはり清少納言とふっつり絶交した後は、どうにも張り合いがない。もしかしたらあちらから何か言ってくることもあるかと待っていたが、

＊　未詳。
＊＊　白氏文集、十七より。「廬山ノ草堂ニ夜雨独宿シテ」の一節。これに続く「廬山ノ雨ノ夜草庵ノ中」を斉信は求めた。

少しも気にかけずそしらぬ顔なのもひどくいまいましいから、今夜は結果が良かろうと悪かろうと、決着をつけてしまおう』と、皆で相談して文を届けたのに、『すぐには読まない、と入ってしまいました』と主殿司が言ったので、また追い返して『とにかく袖をとらえてじたばたさせず、拝み倒して返事を持ってこい。でなかったら、文を取り返せ』ときつく言い、あれほどの雨のさかりに遣《や》ったところ、すぐに戻ってきました。『これを』と差し出したのがさっきの文で、返してきたのだなと斉信様が見るが早いか叫び声を漏らすので、『変だな、どうしたことか』と皆が集まって見ると、『大したくわせ者だ。やはり絶交というわけにはいかないな』ということで皆も大騒ぎ。『この上《かみ》の句をつけて送ろう。源中将、つけよ』などと、夜が更けるまで考えあぐんで結局やめにしてしまったことは、これからもきっと語り草になるなぁ、などと皆の話が落ち着いたんですよ」

などと、ひどくきまりが悪くなるほどに話して聞かせ、

「今からは、『草の庵』という呼び名にいたしましょう」

と急いでお立ちになったので、

「そんなみっともない名が末代まで残るのは、情けないことですね」

と言うと、そこに私のかつての夫である、修理《すり》の亮《すけ》の橘 則光《たちばなののりみつ》が、

「大変な慶《よろこ》びを申し上げたくて、御前かと思って参上したよ」

と、やってきたのです。

「何ですか。司召《つかさめし》などあるとも聞いていませんけれど。何になられたのですか」

と問えば、

「いや、実に嬉しいことが昨夜あったのを、早く知らせたくて、じれったい思いで夜を明かしてね。これほど鼻高々なことはなかったよ」

と、さきほどのことや源中将がお話しになったのと同じことを話し出しました。

「『とにかく、この返事如何《いかん》によっては、今後一切、そんな者がいたとすら思うまい』と斉信様がおっしゃったので、その場にいた者皆で考えて使いを遣ったのだが、手ぶらで帰ってきたのは、かえってよかったのだ。二度目に返事を持って帰ってきた時は、どうなるのかと胸が苦しく、本当に返事がまずかったら、あなたの兄貴分である私にとってても良くないことだと思っていたよ。でも並の返事ではなく、たくさんの人が褒めたり感心したりで、『兄さんよ、こっちに来て話を聞きなさい』とおっしゃったので本心ではとても嬉しかったけれど、『詩歌の方面には、とんと不案内の身でございまして』と申し上げると、『意見しろとか理解しろというのではない。ただ、誰かに話せというので聞かせるのだ』とおっしゃられたのは、兄貴分としては少し口惜《くや》しい評価ではあるけれど、皆が上の句を付けようとしてみても、『うまくできない。また別にこれに返事をすべきだろうか』と話し合いになり、『下手な返事だと言われては、かえってしゃくだ』と、それが夜中まで続いたのだ。これは、私にとってもあなたにとっても、大変な慶びではないか。司召に少々の官位を得ることなど、これに比べれば何とも思うまいよ」

と言えば、なるほど大勢でそんなことをしていたとも知らず、いまいましくもあることよと、改めて胸がどきりとしたのでした。

この則光と私が「妹《いもうと》」「兄《せうと》」と呼び合うことは、帝《みかど》までも皆ご存知で、則光は殿上でも官名ではなく、「兄」と呼ばれていたのです。

話などしていると、「ちょっと」と中宮様がお召しになったのでうかがうと、この顚末《てんまつ》についておっしゃろうということなのでした。

「帝がいらして私に話してお聞かせになられましたし、また殿上人達《てんじょうびと》は皆、あの句を扇に書いて、持っていますよ」

などとおっしゃるので、呆《あき》れ果てて、何でそのように広まってしまったのかと思ったものです。

それからは斉信様も、顔を隠されていた〝袖の几帳《きちょう》〟など捨て、ご機嫌を直されたようでした。

八三

その翌年の二月二十日過ぎ、中宮様が職《しき》の御曹司《みぞうし》へお出かけになったお供には参上せず、梅壺《うめつぼ》に居残った、その次の日のこと。斉信様《ただのぶ》からのお便りで、「昨日の夜、鞍馬《くらま》寺へ参詣《さんけい》したが、今夜は方位が塞《ふさ》がっているから、方違《かたたが》えに行く。夜が明けないうちに京に戻るだろう。ぜひ話さなくてはならないことがあるから、あまり戸を叩《たた》かせないように、待っていてほしい」

とのことだったのですが、

「局《つぼね》に一人でいるだなんて、どうしてそんなことを。こちらで寝なさいな」

と御匣殿《みくしげどの》＊がおっしゃったので、うかがいました。

たっぷりと寝た後に起きて自分の局に下がれば、侍女が、

「昨夜、どなたかがしきりに戸を叩いておられて、やっとのことで起きてまいりますと、『清少納言は御前《おまえ》にいるのか。ではこれこれと申し上げよ』とのことでしたが、『まさかお伝えしてもお起きにはなりますまい』と、横になってしまいました」

と言います。気が利かないことだと聞いていると、主殿司《とのもりづかさ》が来て、

＊中宮の妹。装束の裁縫を司る役所・御匣殿の別当を務める。

「斉信様が申されます。『今すぐ退出するのだが、申し上げるべきことがある』と」

と言うので、

「用事がありますので、上へ参上します。そちらの方で」

と言って帰しました。

自分の局では、「戸を開けてしまわれるかも」と心配でわずらわしいので、梅壺の東側の半蔀《はじとみ》を上げて、

「こちらです」

と言うと、斉信様は見事な姿で出ていらっしゃいました。

桜襲《さくらがさね》の直衣《のうし》がたいそう華やかで、裏の艶など何とも言えず美しく、濃い葡萄染《えびぞめ》めの指貫《さしぬき》には、藤の折枝《おりえだ》の模様を豪奢《ごうしゃ》に織り散らして、紅の色、砧《きぬた》で打った光沢など、輝くばかりに見えるのです。その下には、白や薄紫などたくさん重なっていて、狭い縁に片足は下におろしたまま、少し簾《すだれ》の方に近く寄って座っていらっしゃる様子は、絵に描かれたり物語の中で「見事」と言われるのは実にこういうこと、と見受けられます。

御前の梅は、西のは白梅、東は紅梅で、少し散りかけているけれどまだ美しく、うららかな日ざしものどかで、誰かに見せたくなるほどです。御簾《みす》の中にいるのが、若々しい女房で髪は美しく垂れかかり……などという様子で外の人との受け答えなど

しているなら、もう少し風情《ふぜい》も見所もあるのでしょうが、とっくに盛りが過ぎた古くさい私のような者は、髪なども自前でないせいか、所々縮れてぼさぼさ。皆が道隆《みちたか》様の喪に服している頃なので、ごく薄い鈍《にび》色の表着《うわぎ》に、色目もはっきりしない衣などばかりたくさん重ねているけれど、全く見ばえもしない上に、中宮様がいらっしゃらないので裳《も》もつけず、袿《うちき》姿で座っている私のありさまときたら、雰囲気もぶちこわしで残念でなりません。

斉信様は、

「職の御曹司に参上します。ことづけはありますか。あなたはいつ参上するのですか」

などとおっしゃいます。さらに、

「それにしても昨夜は、『未明とはいえ、前からそう言っておいたのだから待っているだろう』と思って、月がたいそう明るい中、方違えに行った西の京というところから帰ってすぐ局の戸を叩いたのに、侍女がやっとのことで寝ぼけながら起きてきた様子や、その応対のそっけないことといったら」

などと、笑っておられました。

「まったく、いやになってしまったよ。どうしてあんな者を置いているのですか」

ともおっしゃったので、「確かにそうね」と、可笑《おか》しくもあり、お気の毒でもあり……。

　斉信様は、しばらくいらしてから、お立ちになりました。外から見た人は、興味をそそられ「簾の中にはどんな人がいるのだろう」と思うことでしょう。また奥の方から私の後ろ姿を見たなら、外にそんな素敵な男性がいようとは、ゆめ思わないに違いありません。

　日が暮れたので、職の御曹司に参上しました。中宮様の御前にはたくさんの女房達や殿上人《てんじょうびと》が侍《はべ》り、物語の良し悪《あ》しや気に入らないところなどを、言い合ったりけなしたりしています。宇津保物語に登場する涼《すずし》や仲忠《なかただ》などについては、中宮様まで、悪いところや良いところなど、おっしゃったのでした。

　女房が、

「ちょっと、これはどう思う？　早く判定してほしいわ。中宮様は、仲忠の生い立ちのいやしさを、しきりにおっしゃるのよ」

　などと言うので、

「とんでもありません、仲忠は琴《きん》なども、天女が舞い降りるほどに弾きましたし、そんな下賤《げせん》な者でありましょうか。涼は、仲忠のように帝《みかど》のお嬢さんを貰《もら》いましたか？」

　と言うと、仲忠贔屓《びいき》の人達は勢いづいて、

「やっぱりそうよね」

　などと言うと、中宮様は、

「そんなことより、昼間に斉信が参上した時の様子をあなたが見たら、どんなに夢中で褒めるかしらと思えましたよ」

　とおっしゃって、他の女房も、

「そうそう、本当に、いつにも増して素晴らしいお姿で」

　などと言うのです。

「まずはそのことを申し上げようと思って参りましたのに、物語のことに紛れてしまいまして」

　と、私が先ほどのことを申し上げると、

「それは皆が見ていたけれど、あなたほど縫い糸や針目までは、じっくり見なかったわね」

　と、女房達は笑うのでした。また、

「西の京という所の、風情のあることといったら。一緒に眺める人がいたらなぁ、と思いましたよ。垣などはどれも古びて、苔《こけ》むしていてね」

　などと斉信様が語ったので、宰相《さいしょう》の君が、

「瓦に松*はありましたか」

と応じると、斉信様が大変感心して、

「西の方、都門を去れる事いくばくの地ぞ」

と口ずさまれたことなど、女房達がかしましいほどに話していたのが、愉快だったのです。

八四

里に退出している時、殿上人《てんじょうびと》などが私を訪ねて来ることについては、穏やかでないと噂《うわさ》されているようなのです。こちらとしては遠慮がちにしている覚えは全く無いので、そう言われても嫌というほどではありませんけれど。また、昼も夜も訪ねて来る人を、どうして「いない」と言って、恥をかかせて帰すことができましょう。それほど親しくない人であっても、そんな風にやってくることも、あるものです。

あまりにも煩わしいので、今回はどこにいるとも皆には知らせませんでした。左中将経房《つねふさ》の君、済政《なりまさ》の君などだけがご存知なのです。

〝兄〟の左衛門《さえもん》の尉《じょう》の則光《のりみつ》が来て、おしゃべりなどしていると、

「昨日、斉信《ただのぶ》様が参内されて、『〝妹〟の居場所を、まさか知らないはずはないだろう。

白状しろ』としつこくお聞きになるので、全く存じませんと申し上げたのに、ねちねち迫ってこられて」

などと言い、

「知っているのに辛抱するのは、つらいものだなぁ。あやうく口を割ってしまいそうなところに、経房様が全く平然とそしらぬ顔で座っていらしたので、目を合わせようものなら笑ってしまいそうで困り果て、食膳の上にあった若布《わかめ》を取ってひたすら食べに食べて誤魔化していたから、傍目《はため》には『中途半端な時間に、変なものを食べているな』と見えただろうよ。でも、よい具合にそのお陰で『あそこです』と申し上げずに済んだのだ。笑ってしまったら、おしまいだったな。斉信様が、私が本当に知らないらしいと思われたのも、面白かったよ」

などと話すので、

「絶対にお話しにならないで下さいよ」

と言って何日か、しばらくの時が過ぎました。

夜もすっかり更けてから、門をひどく激しく叩《たた》く音がするので、いったい誰がこんな無遠慮に、家から遠いわけでもない門を叩くのかと召使いに聞きに行かせれば、滝《たき》

＊Ｐ１３７「瓦に松は……」白氏文集「驪宮高」の「翠華《すいくわ》来ラズシテ歳月久シク、牆《かき》ニ衣《こけ》アリ、瓦ニ松《しよう》アリ」より。斉信は、それに続く句を唱えた。

口《ぐち》の武士とのこと。

「則光様からの」

と、文《ふみ》を持ってきたのです。皆寝ていたので、灯を持って来て文を見ると、「明日、御読経《みどきよう》の結願《けちがん》ということで、斉信様が帝《みかど》の御物忌《おんものいみ》のお供でお籠りになる。『〝妹〟の居場所を言え、言え』と責められるので、お手上げだ。もう隠せそうにない。あそこです、とお教えしようか、どうしようか。言う通りにする」とあったのに返事は書かず、若布を一寸ばかり、紙に包んで送ってやったのです。

その後、則光が来て、

「昨夜は斉信様に追及されて、でたらめな所にあちこちお連れして歩いたのだよ。本気で責められるので、まったくつらかった。ところで、どうして何とも返事をよこさず、つまらない若布の切れ端を包んで下さったのだ。変な包みだね。人のところに、そんなものを包んで贈るなんてことがあるものか。何かと取り違えたのか?」

と言うのです。「全くわかっていなかったのね……」と思うとうんざりして、物も言わずに硯箱《すずりばこ》にある紙の端に、

かづきするあまのすみかをそことだにゆめいふなとやめを食はせけん

(身を隠す海女《あま》の居場所が〝そこ〟だとは 決して言うなと〝め〟をやったのに)

と書いて差し出すと、

「歌を詠んだのか。決して拝見しませんよ」

と、紙を扇であおぎ返して逃げていきました。

このように親しくしたり、互いに世話をし合ったりするうちに、何ということもなしに少し仲が悪くなってきた頃、則光が文をよこしてきました。「不都合なことがあっても、やはり兄妹と契り交わしたことは忘れずに、他人からは『本当に仲が良いのだな』と見られたいと思うのだ」と書いてあります。

則光は日頃から、

「私のことを思ってくれる人は、歌などを詠んでよこしてはならない。そんな人は全て仇敵《あだかたき》だと思うよ。いよいよ最後、もう別れようと思う時にだけ、歌など詠めばいいのだ」

などと言っていたので、この文の返事に、
くづれよる妹背《いもせ》の山の中なればさらに吉野の河《かは》とだに見じ
（崩れゆく妹山兄山の仲だから　仲〝よしの〟川とはもう思わない）

と送ったのですが、本当に見ずに終わったのか、返事も無いままなのです。

その後、則光は五位に叙爵《じよしやく》されて、遠江《とおつおうみ》の介《すけ》となったので、腹が立ってもうそれきりとしたのでした。

八五

これぞ〝もののあわれ〟と伝わってくるもの。

洟《はな》を垂《た》らし、ひっきりなしにかみながら何か言う声。眉を抜く時の顔。

八六

そうして、例の左衛門《さえもん》の陣《じん》などに行った後*、里に下がってしばらくいた時に、

「早く参上せよ」

などと書いてある中宮様からの公式のお言葉の端に、

「左衛門の陣へ行ったあなたの後ろ姿を、中宮様はいつも思い出していらっしゃいます。どうしてあなたはあんなに平然と、年寄りじみた格好をしていたのでしょう。結構素敵、と思っていたのかしら？」

と側近の女房からの私信が記されていた返事として、まずお詫《わ》びを申し上げて、私

信の方へは、

「どうして素敵と思わないことがありましょうか。中宮様におかれましても、私の後ろ姿を『中なる少女《をとめ》』＊＊とご覧になっていらしたのだろうと存じておりました」

と申し上げさせると、折り返しに、

「あなたの大のご贔屓《ひいき》の仲忠《なかただ》の面目をつぶすようなことを、どうして言うのかしら。とにかく今晩中に、全てを放り出してこちらにおいでなさい。そうしないと、大嫌いになってしまいますよ」

という中宮様からのお言いつけが来たので、

「普通に嫌われるのであっても大変なこと。ましてや『大嫌い』という文字があるとなっては、命も身体《からだ》も、一切放り出して参ります」

と申し上げて、参上したのです。

＊　七八段で、清少納言達は職《しき》の御曹司《みぞうし》から左衛門の陣へと行っている。

＊＊　宇津保物語で仲忠と涼が琴の競演をし、天女が下ってきた時に仲忠が詠んだ「朝ぼらけほのかに見れば飽かぬかな中なる少女しばしとどめん」を引く。「天女のように見えたでしょう？」という清少納言の冗談。

八七

中宮様が、職《しき》の御曹司《みぞうし》にいらっしゃる頃。西の廂《ひさし》の間《ま》で不断の御読経《みどきよう》があるということで、そこには仏の画《え》などがお掛けしてあり、もちろん僧達が侍っているのでした。始まって二日ばかり経《た》った時、縁側のところで下賤《げせん》な者の声で、

「ぜひ、あの御供物をお恵みくだされ」

と言うのに対して、

「どうしてそんなことが。まだ終わってもいないのに」

と答えたりしているのを聞いて、誰が話しているのかしらと出て行って見ると、中年の尼が、ひどく汚れた着物を着て、猿のような格好でいるのです。

「あの人は、何を言っているの?」

と言うと、尼はとりつくろった声を出して、

「私は仏様のお弟子でございますから、お供えのお下がりを頂戴したいと申しますのに、このお坊様方が物惜しみをなさるのです」

と言います。陽気で優雅そうな様子なのでした。

この手の者は、しょんぼりしていてこそ哀れを誘うものなのに、ひどく明るいことよと思って、

「他のものは食べないで、仏様のお下がりだけを食べているのかしら。ずいぶん立派な心がけね」

などと言うこちらの顔色を見て、

「他のものを食べないわけがありません。他のものが無いからこそ、お下がりをいただくのです」

と言います。果物、餅などを器に入れて与えたところ、やけに馴《な》れ馴れしくなって、色々なことを話しだしました。

若い女房達が来て、

「夫はいるの?」

「子供は?」

「どこに住んでいるの?」

など口々に質問すると、おかしな話や冗談を言ったりして、

「歌は歌うの? 舞は踊るの?」

と質問が尽きないうちに、

「夜は誰《たれ》と寝よ、常陸《ひたち》の介《すけ》と寝よ、共寝の肌の心地よさ」

と尼が歌い始め、この続きが延々と長いのです。さらには、

「男山《おとこやま》の　峰のもみじ葉色に立ち、さぞ浮名は立つか、さぞ汝《な》は立つか」

と、頭をくるくる振り回します。

たいそう憎たらしくて、笑いながらも腹が立ち、

「もう行って、行って」

と追い払われたので、

「可哀想に。この者に何をやりましょう」

と私が言うと、中宮様がお聞きになって、

「なんとまぁ、みっともないことをさせたものね。聞いていられなくて、耳をふさいでいましたよ。その着物を一つやって、早く帰らせてしまいなさい」

とおっしゃいます。

「これを下さるのですよ。その着物は汚れているようね。これは汚さないように」

と投げて取らせると、伏し拝み、肩にうちかけて舞う*ではありませんか。心底うんざりして、皆が奥に入ってしまいました。

その後、味をしめたのか、いつも人目につくように歩き回るようになった尼は、そのうちに「常陸の介」と名付けられたのです。着物もきれいなものにせず、同じように汚れたままなので、

「いただいたものはどこにやったのかしら」

と、女房達は誹《そし》るのでした。

帝《みかど》からのお使いで右近《うこん》の内侍《ないし》が参上すると、中宮様が、

「こんな者をね、手なずけて出入りさせているらしいの。うまいことを言って、しょっちゅう来るのよ」

と、以前の出来事などを、小兵衛《こひょうえ》という女房に物真似《ものまね》させて聞かせると、

「その者を、ぜひ見たいものでございます。必ずお見せ下さいませ。こちらの常連なのでしょう。決して、言いくるめて横取りなどしませんから」

などと、笑うのです。

その後にもう一人、今度はずいぶん品の良い尼の物乞いがやってきたので、また呼び寄せて質問などしてみると、この尼は遠慮がちで哀れだったので、前と同じく着物を一枚下されたのを伏し拝むのはそれでよいのですが、その尼が嬉《うれ》し泣きしながら帰ったのを、すぐに常陸の介は来あわせて見てしまったのです。その後、しばらく常陸の介は姿を見せませんでしたが、誰が思い出しましょうか。

十二月の十余日頃、大雪が降ったのを、女官《にょうかん》達などが縁側にどっさり積んだのですが、「どうせなら、庭に本当の山を作らせましょう」ということで呼び寄せた侍達が、中宮様のご命令ということなので、集まって山を作りはじめました。主殿寮《とのもり》の役人で

＊貰った物を肩にかけて拝舞するのは、身分ある人の作法。

掃除に参った者達も皆集まって、たいそう高い山を作り上げていきます。中宮職《しき》の役人などもやってきて、口を挟んで面白がるのです。三、四人だった主殿寮の人達も、二十人ほどになりました。非番で自宅にいる侍を、呼び寄せたりもしたのです。

「今日、この山を作る人には、三日の休みを賜ることでしょう。また、やって来ない者は、同じ日数を差し引きましょう」

などと女房が言うので、それを聞きつけてあわてて参上する者もいます。自宅が遠い者には、知らせてもあげられませんが。

作り終わったので、中宮様は中宮職の役人を呼び寄せられました。絹を二くくり、褒美として縁側に放り出したのを、一つずつ取っては拝礼し、腰に差して皆、退出していきました。袍《ほう》などを着ていた者は、着替えたままの狩衣《かりぎぬ》姿です。

「雪山は、いつまであるかしら」

と中宮様が女房達におっしゃるのに、

「十日はありますでしょう」

「十数日はもつと思います」

などと、ほんの近くの日数を皆が申し上げます。

「どうかしら」

と私にもお尋ねになられるので、

「一月の十日過ぎまで、ございましょう」と申し上げたのですが、中宮様は「そこまではもつまい」と思われました。女房達は皆、「年内、それも大晦日《おおみそか》まではもたない」とばかり申し上げるので、「あまりにも先の日を申し上げてしまった。なるほどそれまではとてももちそうにないし、元日とでも言えばよかった」と内心では思ったのですが、「どうとでもなれ。そこまではなくても、いったん口に出したことは……」と、頑固に意見を通してしまいました。二十日頃に雨が降ったのですが、雪山が消えそうな様子も無く、少し丈が低くなってゆくのです。

「白山《しらやま》の観音《かんのん》様、この山を消さないでくださいませ」

などと祈る私も、正気の沙汰ではありません。

ところでその山をつくった日、帝の御使いとして式部丞忠隆《しきぶのじょうただたか》が参上したので、敷物を出して話などしていると、

「今日は、雪山をつくらせない所はありません。帝の御前《おまえ》の中庭にもつくらせていらっしゃいます。春宮《とうぐう》でも、弘徽殿《こきでん》でも、つくられました。京極殿《きょうごくどの》でも、つくらせられたのですよ」

などと忠隆が言うので、

ここにのみめづらしとみる雪の山所々にふりにけるかな

（ここでだけ珍しがられる雪の山あちらこちらに雪はふるのに）

と、近くの女房に伝えさせると、忠隆はしきりと首をひねって、

「下手な返歌で、この歌を汚さないようにしましょう。洒落《しやれ》たものですねえ。御簾《みす》の前で、皆さんに歌を披露しましょう」

と言って、立ち上がりました。忠隆は歌がとても得意なはずなのに、変だこと。中宮様もお聞きになって、

「特別上手に返さなくては、と思ったのでしょうね」

と、おっしゃいました。

大晦日の頃、雪山は少し小さくなったようだけれど、やはりとても高いままであり、昼間に縁側に女房達が出て座っていると、常陸の介が出てきました。

「どうしたの、ずいぶん長いこと顔を見せなかったのに」

と尋ねると、

「どうして来られましょう。嫌な事がありましたからね」

と言います。

「何があったの」

と聞けば、

「やはり、こう思ったのでございます」

と、長く声をのばして詠じだしました。

うらやまし足もひかれずわたつ海のいかなる人にもの賜ふらん

（うらやましいどんな人ならいただける足をひきずるほどのしなもの）

と言うのを、さげすみ笑って女房たちが目もくれないので、常陸の介は雪の山にのぼってうろうろ歩きまわった挙げ句に、帰っていったのです。その後、右近の内侍に「こんなことがありました」と言い送ったところ、

「どうして、人をつけて寄越《よこ》して下さらなかったのですか。その者がみっともなくも雪の山にのぼり歩いたとは、何とも可哀想に」

と返信があったのを、また笑ったのです。

さて、雪の山は依然そのままで、年も改まりました。元日の夜、雪がたくさん降ったのを「嬉しい、また降り積もったわ」と見ていると、

「これは駄目よ。最初の分だけそのままに、今日降ったのはかき捨てなさい」

と、中宮様はお命じになられました。

翌朝、自分の局《つぼね》へたいそう早くに戻ると、侍の長《おさ》の者が、柚子《ゆず》の葉のような色の宿直衣《とのいぎぬ》の袖の上に、青い紙がつけてある松の枝を乗せて、寒さに震えながら出てきました。

「それは、どちらから？」

と問うと、

「斎院《さいいん》*からでございます」

とのこと。たちまち素晴らしく感じられ、受け取ってまた、中宮様のところへ参上しました。

まだおやすみになっているので、まず御帳台《みちようだい》にあたっている御格子《みこうし》を、碁盤などを引き寄せて踏み台として、一人で懸命に上げました。とても重く、片方しか上げられないのでぎしぎしいうのに中宮様が目を覚まされて、

「なぜまたそんなことをしているの……」

とおっしゃったので、

「斎院から御文《おふみ》がございます時は、どうして格子を急いで上げずにいられましょう」

と申し上げると、

「まあ、朝早い御文だこと」

と、お起きになられました。

御文をお開けになると、五寸ほどの卯槌《うづち》二本を、卯杖《うづえ》の様に頭などのところを包んで、山橘《やまたちばな》、ひかげ、山菅《やますげ》などで可愛らしく飾ってあり、御文はついていません。何もないことはなかろうとご覧になれば、卯杖の頭を包んだ小さい紙に、
山とよむ斧《をの》の響を尋ぬればいはひの杖《つゑ》の音にぞありける

（山に鳴る斧の響きは何の音　祝いの卯杖を伐る時の音）

お返事をお書きになる中宮様のご様子も、とても素晴らしいものでした。斎院には、こちらから御文を差し上げるのもお返事を出すのも、やはり特別に、何度も書き直して、お気遣いが見えるのです。斎院からの御使いへの禄《ろく》としては、白い織物の単衣《ひとえ》と、蘇枋《すおう》色なのは梅襲《うめがさね》だったようです。雪の降りしきる中、それらを肩にかけてゆくのも、美しく見えたことでした。その時の中宮様の御返歌を知らずに終わってしまったのが、残念でなりません。

さてあの雪の山は、本物の越前《えちぜん》の白山かのように見えて、消えそうにありません。黒ずんできて見甲斐《みがい》の無いありさまにはなったけれど、もう勝ったような気分になって、何とか十五日までもたせたいと祈りました。しかし、

「七日だって、越せはしないでしょう」

と、やはり女房達が言うので、どうにかこの結果を見届けたいと皆が思っている時に、中宮様は急に正月三日に参内《さんだい》されることになりました。「なんとも残念。この雪山の最後を知らずに終わってしまうなんて」と、真剣に思ったのです。他の女房も、

＊　賀茂神社の斎王。古来、未婚の皇女もしくは女王が賀茂の神に仕える。この時の斎院は、村上天皇の第十皇女選子。五十七年間斎院をつとめ、和歌に秀でた風流人でもあり、「大斎院」と言われる。

「本当に、見届けたかったのに」

などと言うし、中宮様もそうおっしゃるので、「同じことなら、言い当ててご覧に入れたい」と思っていたけれど、仕方がないので参内の御道具類を運んだり、とても騒がしいのに紛れて、築土《ついじ》の近くに屋根をかけて住んで庭仕事をしている木守《こもり》という者を縁側の近くに呼び寄せ、

「この雪の山の番をしっかりして、子供などに踏み散らさせず、壊させず、十五日までよくよく監視しているように。その日まで山があれば、結構な褒美を下さることになっています。私からも、たっぷり御礼はするつもりです」

などと頼み込んだりしていました。いつもは台盤所《だいばんどころ》の者や下衆《げす》に憎まれている木守ですが、果物やら何やらとたっぷり取らせると、少し笑って、

「おやすい御用です。確かに番をいたしましょう。子供は、きっと登るでしょうが」

と言うので、

「それを抑えて、言うことをきかない者がいたら報告しなさい」

など言い聞かせ、中宮様が参内されたので七日までお供をした後、宿下がりしたのです。

内裏《だいり》にいる間も、雪の山のことが気がかりなので、宮仕えの者、掃除女や下働きの女などに命じて、しょっちゅう木守を注意しに行かせました。七日のお節供《せっく》のお下が

りといったものさえやったので、木守が伏し拝んでいたということなど、皆で笑い合ったのです。

里にいても、まずは夜が明けるとすぐ、雪の山が大事と、見にやりました。十日頃に、

「十五日までもつくらいは、残っています」

ということなので、嬉しく思っていました。また、昼も夜も人をやっていると、十四日の夜になってから大雨が降るので、これで消えてしまうかと思うと心配になり、

「あと一日二日を待ってくれないなんて……」と、夜も寝ずに嘆いていれば、聞いている人も「正気の沙汰ではない」と、笑うのです。

人が出ていくので、私もそのまま起きていました。下人を起こさせるのに全く起きないので、ひどく憎らしくて腹が立ち、やっと起きてきたのを職の御曹司にやって見させれば、

「円座《わろうだ》の大きさほどは、残っておりました。木守はとてもしっかり番をして、子供も寄せつけずにおります。『明日、明後日までもあるに違いありません。ご褒美を戴けましょう』と、申しております」

ということなので、とても嬉しくて、「早く明日になったら、歌を詠んで器に雪を入れて、中宮様に差し上げよう」と思うのも、待ち遠しくてやりきれません。

暗いうちに起きて、折櫃《おりびつ》などを持たせ、

「これに雪のきれいそうなところを入れて、持って来なさい。汚れたところは、かき捨ててしまって」

などと言って下人をやると、随分早くに持たせた折櫃を下げて、

「もう、なくなっておりました……」

と言うので、私は茫然《ぼうぜん》としたのです。上手に詠んで、世の人の間で語り草にさせよう、と呻吟《しんぎん》しながら考えた歌も、みじめなことに詠んだ甲斐がなくなってしまいました。

「どうしてそんなことになったというの。昨日まであれほどあったのに、一晩の間に消えたらしいなんて」

と肩を落として言うと、下人は、

「木守が申すには、『昨日は、真っ暗になるまで雪はございました。ご褒美を戴こうと思っていましたのに』ということで、手を打って残念がっておりました」

などと騒ぎます。

そんな時、宮中より中宮様の仰せ言が来ました。

「雪は今日までありましたか」

というお言葉なので、ひどく悔しくて残念だけれど、

「『せいぜい年内、元日までもあるまい』と皆が言ったというのに、昨日の夕暮れまで残っていたのは、実にたいしたものだと思っております。今日までもったのでは上手くいきすぎだと、夜のうちに誰かが憎らしがって、取り捨てたのでございます。……と、中宮様に申し上げて下さいませ」

などと、お返事を差し上げました。

二十日に参内した時も、まずはこの事を、中宮様の御前でお話ししました。「身は投げ捨てた」*として、蓋《ふた》だけを持ってきたという法師のように、下人が行ってすぐ空の折櫃だけ持って帰ってきたのにがっかりしたこと、何かの蓋に雪で小山を作って、白い紙に歌を立派に書いてお目にかけようとしていたことなどを申し上げると、中宮様は大笑いされます。御前の女房達も笑うと、

「あなたがこれほどまで熱心に思い詰めていたことを台無しにしたのだから、罰があたりますね。実は十四日の夜、侍達をやって、雪を取り捨てたのよ。あなたからの返事に『誰かが取り捨てた』と言い当ててあったのは、実に面白いことでした。番をしていた女が出て来て、必死に手をすり合わせて頼んだそうだけれど、侍は『中宮様のご命令だ。清少納言の里から様子を見に来たような者には、このことを知らせないよ

＊釈迦《しゃか》が前世において雪山《せっせん》で修行していた時、鬼に出会って身を投げたという「雪山童子」の説話を引くという説も。

うに。そんなことをしたら、小屋を打ち壊すぞ』などと言って、左近《さこん》の司《つかさ》の南の塀のところに、雪を全て捨ててしまったようよ。『とても固くて、たくさんあった』などと侍が言っていたようだから、確かに二十日までも残っていたでしょう。今年の初雪も降り積もったでしょうし。帝もお聞きになって、『ずいぶんぴったり予想して皆に反論したものだね』などと、殿上人《てんじょうびと》達などにもおっしゃったのですよ。それはそうと、考えていた歌というのを、教えてほしいわ。もうこうして白状してしまったのですから、あなたが勝ったのと同じことよ」

と中宮様はおっしゃるし、女房達も勧めるのだけれど、

「そんなに情けないことを聞きながら、どうして申し上げられましょう」

などと、心の底から本気で落ち込み、情けながると、帝もそこにおいでになって、

「全く、長年お気に入りの女房なのだろうと眺めていたのに、これではあやしいものだと思うよ」

などとおっしゃるのが、いよいよ憂鬱でつらく、涙がこぼれそうな気持ちがしたのです。

「ああ、情けない。なんともつらい世の中ですこと……。後から降り積もった雪を嬉しく思っていたら、『それは駄目です。かき捨てなさい』とご命令があったのですよ」

と申し上げると、

「『勝たせまい』と、お思いだったのだろうね」

と、帝もお笑いになったのでした。

八八

立派なもの。

唐《から》の錦《にしき》。飾り太刀《たち》。仏様《ほとけ》を描いた彩色の木画《もくえ》。

深い色合いで、花房が長く咲いた藤《ふじ》が、松にかかっている様。

六位の蔵人《くろうど》*。高い身分の貴公子達であっても、決して身につけることができない綾《あや》織物を平気で着ている青色姿**などが、とても立派なのです。蔵人所《くろうどどころ》の雑色《ぞうしき》や、低い官位の者の子供などで、貴人達の侍《さぶらい》として四位や五位の人の下にいて何ということはなかった者も、蔵人になってしまえば言いようもなく立派で、驚くのでした。宣旨《せんじ》など

＊ 五位以上でないと殿上はできないが、天皇の身の回りのお世話をする蔵人は、六位でも殿上が許される。

＊＊ 六位の蔵人は、天皇と同じ青色の袍《ほう》を着ることが許される。そんな青色の袍と六位の蔵人をこよなく愛する清少納言。

を持って来たり、大饗《だいきょう》の時に帝《みかど》から賜る甘栗《あまぐり》を運ぶ使いとして大臣家に参ったのを、ありがたがってもてなす様子は、どこから天降《あまくだ》ってきた天人なのかと思われることです。

御娘《おおんむすめ》が后《きさき》となっていらっしゃる家、またはこれから入内《じゅだい》される〝姫君〟などと申し上げている方の所に、帝からの御文《おふみ》のお使いが参上すると、御文を御簾《みす》の内に取り入れることからはじまり、敷物を差し出す女房の袖口の見事さなど、朝な夕なに見慣れたものとは思えません。衛府《えふ》を兼ねた六位の蔵人は、下襲《したがさね》の裾を長く引きずって、さらに少し素敵に見えるのでした。家の主人が御手ずから盃《さかずき》などを差し出せば、蔵人も胸の中ではどんな思いがすることでしょう。かつて、その人達の前ではひどくかしこまって土の上に控えていた一族の方や若君達《わかきんだち》に対しても、今では気持ちだけは遠慮してかしこまっていながらも、同じように連れ立って歩いているのです。

帝が六位の蔵人を身近でお使いになるのを見ると、ねたましくすら思えるほどの私。親しくお仕えする三、四年ばかりを、粗末な身なりで、服の色も大したことがないという様で殿上《てんじょう》の方々と付き合うのは、ふがいないことです。叙爵《じょしゃく》の時期になって、殿上から下がらなくてはならない時が近づくのさえ、命よりも惜しいことのはずなのに、方々で臨時の受領《ずりょう》の位を申請して下がっていくのには、情けない思いがするのでした。昔の蔵人は、殿上から下りる前年の春や夏から泣き騒いでいたものなのに、最近では次の職を目指して駆け出しているのですから。

学問の才がある人がとても立派なのは、言うまでもないことです。顔は不細工で、身分がずいぶん低くても、やんごとなきお方の近くで、相応のことなどのご下問を受け、御学問の師として仕えるのは、羨ましく、立派に思われます。神仏への願文《がんもん》、帝への上奏文、詩歌の序文などを書いて賞賛を得るのも、素晴らしいことです。

学識豊かな僧。こちらもまったく、言うまでもなく立派です。

后の、昼間の行啓《ぎょうけい》。摂政関白の御外出。春日《かすが》詣で。

葡萄染《えびぞめ》の織物。雪が厚く降りつもった、広い庭。花も糸も紙もすべて、何であっても、紫のものは立派です。紫の花の中では、かきつばたが少し気に入りません。六位の宿直《とのい》姿が素敵なのも、それは指貫《さしぬき》が紫だからなのです。

八九

優美なもの。

ほっそりとして美しい貴公子の、直衣《のうし》姿。可愛らしい女の子が、表《うえ》の袴《はかま》などはことさらつけずに、縫い合わせない部分も多い汗衫《かざみ》ばかりを着て、腰に卯槌《うづち》や薬玉《くすだま》などをつけて長く垂らし、高欄のところなどに、扇で顔を隠している様。

薄様《うすよう》の草子《そうし》。芽吹き出した柳の枝に、青色の薄様に書いた文《ふみ》を結んだもの。

三重《みえ》がさねの扇。五重《いつえ》ではあまりに厚くなって、手元などが見苦しくなってしまいます。

真新しくもなく、ひどく古くもない檜皮葺《ひわだぶ》きの屋根に、長い菖蒲《しょうぶ》をきっちりと葺きわたしてある様。

青々とした御簾《みす》の下から、几帳《きちょう》の帷《かたびら》の朽木形《くちきがた》模様がつややかに見えて、紐《ひも》が風に吹かれてなびいているのは、とても素敵です。

白くて細い組紐。色鮮やかな帽額《もこう》。

簾《す》の外《と》や縁側の高欄に、たいそう可愛らしい猫が赤い首輪に白い札をつけ、村濃染《むらごぞめ》の紐を長く引き、繋《つな》ぎ紐として長い組紐などをつけて引きずって歩くのも、素敵で優美なものです。

五月の端午の節会の、菖蒲の女蔵人《にょくろうど》。頭に菖蒲のかずらをつけ、色鮮やかではありませんが赤紐をつけ、領巾《ひれ》、裙帯《くたい》などをまとって、立ち並んでいらっしゃる親王たちや上達部《かんだちめ》たちに薬玉を差し上げるのは、実に優美なのです。薬玉をめいめい取って腰に結びつけ、踊って御礼するのも、とても見事なのでした。

紫の紙を包み文にして、房の長い藤が咲く枝に結びつけたもの。

小忌《おみ》の役の君達《きんだち》も、とても優美です。

九〇

中宮様が五節《ごせち》の舞姫*をお出しになるのに、お付きの女房は十二人いるのです。他所《よそ》では女御や春宮妃《とうぐうひ》の女房を出すことをよくないこととしているという話ですが、どう思われているのか、中宮方の女房を十人はお出しになっており、あとの二人は女院《にょういん》の女房と淑景舎《しげいさ》の君**の女房で、二人は姉妹なのでした。

舞楽の日である辰《たつ》の日の夜、中宮様は、節会に奉仕する小忌《おみ》の君達《きんだち》と同じ青摺《あおずり》の唐衣《からぎぬ》、汗衫《かざみ》を皆にお着せになります。このことは他の女房にさえ事前には知らせず、ましてや殿上人《てんじょうびと》には極秘にして、皆がすっかり着付けを終え、辺りが暗くなった頃に青摺の衣《きぬ》を持ってきて着させました。赤紐《ひも》をきれいに結び下げ、たっぷり艶出しした白い衣にある模様は、筆で描いてあります。織物の唐衣の上に着るのはとても珍しく、

＊「五節の舞姫」　五節は二四段参照。通常、舞姫は公卿《くぎょう》や受領《ずりょう》の娘から出すものであり、中宮が出すのは異例。
＊＊「淑景舎の君」　中宮定子の妹、原子《げんし》。

中でも童女《わらわめ》は、いっそう優美に見えるものです。

下仕えの女までが青摺を着て居並んでいるのを、殿上人や上達部《かんだちめ》は、驚いたり面白がったり。「小忌の女房」と名付け、小忌の君達は簾《す》の外《と》にいて、〃小忌の女房〃達と話したりしているのでした。

中宮様は、

「五節の舞姫の局《つぼね》を、その日が暮れる前にすっかり壊して取り払い、みっともない様にしてしまうのは、とてもおかしなことです。夜まではやはり、きちんとしたままでおきたいものね」

とおっしゃったので、いつものように舞姫達はあたふたせず、几帳《きちょう》の隙間も縫い合わせ、舞姫達の袖口は美しく外にこぼれ出ていたのでした。

小兵衛《こひょうえ》という者が、解けてしまった赤紐を、

「これ、結んでほしいわ」

と言うと、中将の実方《さねかた》様が近寄って結び直すのですが、その様子は意味ありげです。

あしひきの山井《やまゐ》の水は氷《こほ》れるをいかなるひも《紐／氷面》の解くるなるらん
（山に湧く水は氷って溶けないでどんな〃ひも〃なら解けるというの）

と、詠みかけるのです。

まだ若い小兵衛は、こんな人目に立つ場所では言いにくいのか、返歌もしません。

近くにいる女房達も、そのままにして何も言わないのを、中宮職《しき》の役人達は耳を澄まして聞いていたのですが、時間がかかりそうなのに気を揉《も》んで、別の方から局に入って女房に近寄り、

「どうして返歌をなさらないのですか」

などと、ささやいているようです。

私は、四人ほど離れて座っていたので、返歌をうまく思いついたとしても言いにくく、ましてや歌詠みとして知られる実方様の歌に、ごく平凡な歌などどうして返せよう……と気おくれしてしまうのが、よくありません。

歌詠みというのは、そんなものではないのでしょう。それほどの出来でなくても、すぐに詠むのが、歌詠みなのです。

中宮職の役人が、いらいらして指を鳴らしているのが気の毒で、

うは氷《ごほり》あはにむすべるひも《紐／氷面》なればかざす日かげにゆるぶばかりを

(うす氷そっと結んだ〝ひも〟のよう日が差し込めばゆるむばかりで)

と、弁のおもとという者に伝えさせると、恥ずかしがって満足に詠み上げることができません。

「何……、何ですって?」

と、実方様が耳を傾けて尋ねるのですが、口がよく回らない弁のおもとが、ひどく

取りつくろって見事に詠み上げようとしたので、実方様はとうとう聞き取ることができなかったのが、かえって私の恥ずかしい歌が目立たない気がして、ほっとしたことでした。

舞姫達が御殿に参上する時の見送りなどに、「具合が悪い」などと行こうとしない女房も、中宮様からのお達しによって、いる者は全て連れ立って行ったので、他のところとは違って、あまりにも騒がしかったようです。

中宮様が出された舞姫は、相尹《すけまさ》の馬の頭《かみ》の娘で、染殿《そめどの》の式部卿《しきぶきょう》の宮の妃《きさき》のお妹の、四番目のお嬢様の御腹で、十二歳でとても美しいのです。

最後の夜、疲れた舞姫が背負われて出て来るような騒ぎも無く、そのまま仁寿殿《じじゅうでん》を通り抜けて、清涼殿《せいりょうでん》の御前の東の簀子《すのこ》から、舞姫を先頭にして上《うえ》の御局《みつぼね》に参上した時も、素敵だったものでした。

九一

儀礼用の細太刀《ほそだち》に平組みの緒をつけて、きれいな郎等《おのこ》が持って通るのも、優美なものです。

九二

内裏《だいり》では、五節《ごせち》の頃になると、いつも見慣れた人も何やら無性に面白く感じられます。主殿司《とのもりづかさ》の女官《にょうかん》などが、色とりどりの布の切れはしを、物忌《ものいみ》のようにかんざしにつけているのも、珍しい様子。髪の元結《もとゆい》の村濃染《むらごぞめ》も鮮やかに、宣耀殿《せんようでん》の反り橋に出て座っている様子も、それぞれにつけて素敵なことばかりなのです。上《うえ》の雑仕《ぞうし》や女房に仕える童女《わらわめ》も、「なんて晴れがましい」と思っているのも、もっともなことでしょう。山藍《やまい》やひかげなどを柳筥《やないばこ》に入れて、五位になった男が持って歩いたりしているのも、とても素敵に見えるのです。

殿上人《てんじょうびと》が直衣《のうし》を肩脱ぎにして、扇や何かで拍子をつけて、

「つかさまさりと　しき波ぞ立つ」

と梁塵秘抄《りょうじんひしょう》の歌をうたいつつ、五節の局《つぼね》それぞれの前を通るのは、宮仕えに慣れ切っているような女房の心中も、波立たせることでしょう。まして、殿上人達がわっと一斉に笑ったりすると、恐ろしいようにも思われるのです。

行事の蔵人《くろうど》の掻練襲《かいねりがさね》は、他より特にきれいに見えます。敷物が敷いてあっても、と

ても腰を落ち着けていられず、女房達が座っている様子を褒めたりけなしたり。この頃は皆、他のことは頭に無いようです。

帝《みかど》が御帳台《みちょうだい》で五節の舞の試楽をご覧になる夜、行事の蔵人はとても厳重に取り仕切り、

「お世話役の女官と童女二人の他は、どなたも入らないで下さい」

と、戸を押さえて憎々しいほどに言うのです。殿上人なども、

「でも一人くらいは」

とおっしゃるのを、

「羨む人が出てきますから、なりません」

などと頑固に言い張っているところに、中宮様方の女房達が二十人ばかり、蔵人をものともせずに戸を押し開けてどやどや入ってきたので、蔵人はあきれて、

「いやはやこれでは、世も末だ」

と立ちすくんでいるのも、面白いのです。

それに便乗して、お付きの者達も皆入ってしまったので、蔵人はとても悔しそうでした。帝もそこにおいでになったので、面白くご覧になったことでしょう。

童舞《わらわまい》の夜は、とても素敵。舞姫が灯《あか》りの台に向かっている顔も、可愛らしいものです。

九三

「無名《むみょう》という名の琵琶《びわ》の御琴を、帝《みかど》がお持ちになってこちらにおいでになったので、女房達が眺めたりかき鳴らしてみたりしたのです」

ということだったのですが、私は弾くというわけでもなしに緒をいじって、

「この名前は、何と言いましたでしょうか」

と申し上げると、中宮様は、

「ほんの取るにたらないもので、名前も無いのですよ」

とおっしゃられたご様子に、やはり何とも素晴らしいと思ったものです。

中宮様の妹君である淑景舎《しげいさ》の君などがお越しになって、おしゃべりのついでに、

「私のところに、大変すばらしい笙《しょう》の笛があるのです。亡くなったお父様が下さったものですよ」

とおっしゃったのを聞いて、中宮様の弟君である隆円僧都《りゅうえんそうず》が、

「それを私に下さいませんか。私のところには、立派な琴《きん》があります。そちらと交換して下さい」

とおっしゃるのに、原子《げんし》様は耳も貸さずに他のことをお話しされています。隆円様は、答えてもらおうと何度も話しかけられるのですが、やはり何もおっしゃらないので、中宮様が、

「『いな替へじ』*と思っておいでなのに」

とおっしゃったご様子の、この上なく素敵なことといったらありませんでした。

「いな替へじ」という御笛の名を、僧都の君もご存知なかったので、ただもう恨めしく思われたようです。

これは、中宮様が職《しき》の御曹司《みぞうし》にいらした頃の出来事なのでしょう。帝の御前《おまえ》に、

「いな替へじ」という名の御笛があって、そのことなのです。

帝の御前の品々には、御琴も御笛も、どれも珍しい名前がついています。玄上《げんじょう》、牧《ぼく》馬《ば》、井手《いで》、渭橋《いきょう》、無名など。また和琴《わごん》なども、朽目《くちめ》、塩釜《しおがま》、二貫《ふたぬき》などというのです。水竜《すいろう》、小水竜《こすいろう》、宇陀《うた》の法師、釘打《くぎうち》、葉二つ、その他なにやかやと聞いたけれど、忘れてしまいました。

「宜陽殿《ぎようでん》**の一番の棚に置くべき名器だ」

というのは、頭《とう》の中将《ちゅうじょう》の斉信《ただのぶ》様の口癖だったということです。

九四

弘徽殿《こきでん》の上《うえ》の御局《みつぼね》の御簾《みす》の前で、殿上人《てんじょうびと》が日がな一日、琴や笛を演奏していました。燭台《しょくだい》に火をお灯《とも》しする頃になって、まだ御格子《みこうし》はお下げしていないのに燭台を差し出したので、戸が開いているのが外から見え、中宮様が琵琶《びわ》の琴を縦にして持っていらっしゃるのでした。

中宮様は紅《くれない》のお召し物、とても言い表せないほどの袿《うちき》、またぱりっと張りのある衣《きぬ》などを幾重にもお召しになって、黒々と艶のある琵琶に御袖をかけて持っていらっしゃるだけでも素晴らしいのに、琵琶の端から、額のあたりがたいそう白く美しくくっきりと覗《のぞ》いているのは、たとえようもない御様子なのです。

近くに座っておられた女房に寄って、

「『半ば面を隠した』***という人も、これほどではなかったでしょうね。あれは、低い身分の人だったのでしょうから」

と私が言ったということを、ある女房が通り道も無いのに人をかき分け参上して中

＊「取り替えまい」の意。

＊＊紫宸殿の東にあり、歴代の御物《おもの》を納めた。

＊＊＊白楽天「琵琶行」に、琵琶で顔を隠しながら奏でる美女が登場する。

宮様に申し上げると、中宮様はお笑いになって、

「別れ、は知っているのかしらね」

とおっしゃったのも、とても素敵でした。

九五

いまいましいもの。

こちらから出す文《ふみ》でも、人からの文への返事でも、書いて持っていかせた後に、一文字二文字、直したくなった時。

急ぎのものを縫っていて、「うまく縫えた」と思って針を引き抜いたら、なんと糸の端を結んでいない、という時。また、裏返しに縫ってしまうのも、いまいましいもの。

中宮様が、東三条の南院にいらっしゃる頃、

「急ぎの仕立て物です。皆々、すぐに大勢で手分けをして、縫って差し上げなさい」

と反物を下さったので、南面《みなみおもて》に集まって、お召し物の片身頃ずつを、誰が早く縫うかと、近くにいながら向き合いもせず縫う様子は、正気の沙汰とは思えません。命婦《みょうぶ》

の乳母《めのと》が、ずいぶん早く縫い終わって下に置いたのですが、裄丈《ゆきたけ》の片身を縫ったのが逆であるのに気づかず、糸の縫いどめもせず、大慌てで置いて立ったのです。が、背を合わせてみると、なんとさかさま。皆が笑ったり騒いだりで、

「早く、これを縫い直してください」

と言うのですが、命婦の乳母は、

「縫い間違いとわかって、誰が直すものですか。綾《あや》などならば、裏を見ない人でも合点して直すことでしょうが、無地のお召し物ですから、何を目印にすればよいのですか。直す人などいないでしょう。まだお縫いになっていない人に直させてください」

と聞かないので、

「そんなことを言っていられないわ」

と、源少納言《げんのしょうなごん》、中納言の君といった方々が、おっくうそうに引き寄せてお縫いになったのを命婦の乳母が眺めていたのは、面白かったことでした。

見頃の萩《はぎ》や薄《すすき》などを庭に植えて眺めている時に、長櫃《ながひつ》を持った者が鋤《すき》など下げてきて、せっせと掘って持っていってしまうのは、がっかりするし、にくらしいものです。立派な男性などがいる時はそんなことはしないのに、一生懸命に止めても、

＊白楽天は、遠来の友と別れる時に美女と会った。
＊＊「東三条の南院」中宮定子の父・道隆の邸。道隆危篤の折の滞在。

「少しだけですから」

などと言って行ってしまうのは、ふがいなくにくらしいのです。受領《ずりよう》などの家にも、立派な家の下僕などが来て無礼なことを言い、「だからといって、こちらをどうもできまいよ」などと思っているのも、とてもいまいましいもの。読みたい文などを、人が奪って庭に下りて立ったまま読んでいるのは、とても不愉快だしいまいましくて、そちらに近寄るのだけれど簾《すだれ》＊の中にとどまっていなくてはならず、ただ立って眺めている時こそ、飛び出していきたい気持ちがすることです。

九六

いたたまれないもの。

十分に音の出ない琴を、よく調律もしないで、いい気になって弾き鳴らしているの。お客様などと会って話している時、奥の方であけすけな話などしているのが聞こえてくるのを、止めることもできずに聞いている気持ち。好きな人がひどく酔って、同じことばかり言っている時。本人が聞いているのも知らないで、人の噂話《うわさ》を言ったこと。その人はたいした身分ではないけれど、たとえ使用人だとしても、たいそういたたまれないものです。

外泊先ではしゃいでいる下衆《げす》ども。

不細工な赤ん坊を、自分が愛《いと》しいと思うがままに大切にし、可愛がって、その子の声を真似《まね》て、話したことなどを他人に伝える親。

学識ある人の前で、そうではない人が、物知り口調で人の名などを口にしているの。

特に上手いとも思えない自作の歌を人に披露して、人から褒められたりしたことなど語っているのも、いたたまれないものです。

九七

あきれ果てるもの。

飾り櫛《くし》をこすって磨いている時に、何かにひっかけて折ってしまった時の気持ち。

ひっくりかえった牛車《ぎっしゃ》。そんな大きな物はどっしりしているだろうと思っていたのに、ただ夢のようで、あきれてあっけない感じがします。

＊当時、女性が簾の外に出るのは大変に品のないことだった。

相手にとっては恥ずかしく具合の悪いことを、歯に衣着《きぬ》せずに言うこと。

きっと来る、と思っている相手を、一晩中起きて待ち明かして、明け方頃にほんの少し忘れて寝入ったところ、烏《からす》がすぐ近くで「カァ」と鳴くので目を開けてみたら昼になっていたりして、あきれ果てるのです。

見せてはならない人に、他に持っていく文《ふみ》を見せてしまったの。

全く身に覚えの無いことについて、さし向かいになって、弁解もさせずにまくしたてる人。

何かをひっくり返した時というのは、我ながらあきれ果てる心地です。

九八

残念なもの。

五節《ごせち》や御仏名《みぶつみよう》*の時に雪が降らず、雨が暗く降っているの。

節会《せちえ》などに、宮中のしかるべき御物忌《おんものいみ》が重なってしまう時。

準備を整え、早くその日が来ないかしらと待っていた行事が、差し支えることがあって、急に中止になってしまう時。

音楽の演奏も予定し、見せたいものもあったのに、呼びにやった人が来ないのは、とても残念なものです。

男も女もそして法師も、お仕えしている先などから、仲間達と一緒にお寺に詣でたり何かの見物に行くのに、車の簾《すだれ》から着物の裾をお洒落《しゃれ》に出して準備万端、いわば羽目を外して、見苦しすぎるとも思われそうなほどにしているのに、馬上であれ車上であれ、適当な人と行き合ってこちらを見てくれることなしに終わってしまうのは、とても残念なものです。やりきれなくて、せめて趣味の良い下衆《げす》などで、誰かに吹聴してくれそうな者でもいいから出会わないかしら……と思うのも、全くどうかしているというものでしょう。

九九

五月の御《み》精進《そうじ》＊＊の頃に、中宮様が職《しき》の御《み》曹司《ぞうし》にいらっしゃる時のこと。塗籠《ぬりごめ》の小部屋の前の二間《ふたま》続きのところに、特別な飾り付けがしてあるので、いつもと様子が違うの

＊ 諸仏の名を唱える仏事。十二月十九日からの三日間。
＊＊ 正月、五月、九月は、斎月といって精進を行う。

も面白かったものです。

その月は初めから、雨がちでどんよりした日が続いていました。退屈なので、

「ほととぎすの声を探しに行きましょうよ」

と声をかけ、我も我もとやってきた女房達と一緒に、出発することになりました。

「賀茂《かも》の奥に、〝なんとか崎〟と言ったかしら、七夕《たなばた》で織女が渡る橋ではなくて変な名前の場所のあたりで、ほととぎすが鳴くのですって」

と誰かが言うと、

「それは蜩《ひぐらし》でしょう」

と言う人もいます。

「では、そちらへ」ということになったので、五日の朝に中宮職《しき》の役人に車の手配を頼み、北門にある陣から、

「五月雨《さみだれ》なのだから、お咎《とが》めは無いでしょう」

と車をさし寄せて、四人ほど乗って行きました。他の女房達は羨ましがって、

「やっぱりもう一台用意してほしいわ、どうせ行くのなら」

などと言ったのですが、

「いけません」

と中宮様がおっしゃったので、こちらは残された女房達の声に耳を貸さずに、薄情

なふりをして出発すると、馬場《うまば》というところで、大勢の人が騒いでいました。

「何をしているの」

と問えば、

「二人ずつでの弓の競射をしています。しばらくご覧ください」

と、従者《ずさ》が車を停《と》めました。

「左近《さこん》の中将や、皆様御着座です」

と言うけれど、そのような人は見えません。六位の役人などがうろうろしているだけなので、

「見たいとも思わないわ。早く行って」

と言いつけ、車がどんどん進んでいく道中も、賀茂祭の頃が思い出されて素敵なのです。

かく言うところとは、中宮様の伯父《おじ》様である、高階明順《たかしなのあきのぶ》の朝臣《あそん》の家。

「見てみましょう」

ということで、車を寄せて降りてみました。

そこは田舎風かつ簡素で、馬の絵が描いてある障子《しょうじ》、網代屏風《あじろびょうぶ》、三稜草《みくり》の簾《すだれ》など、

＊七夕の橋をかけるとされるカササギと音の似る松ヶ崎のこと。「待つが先」から「日ぐらし」の発言へとつながる。

わざわざ昔風の造りを模しています。建物の様子も派手でなく渡り廊下のようで、奥行きはないのだけれど趣味の良い家なのでした。誰かが言っていた通りに、うるさく思われるほど鳴いているほととぎすの声を聞けば、中宮様にも、そしてあんなに来たがっていた人達の耳にも届けられないなんて……と、悔しく思ったのです。

するとと、

「田舎では田舎らしく、こんなものでも見るのがいいでしょう」

と、明順様が〝稲〟というものを持ってきました。その辺りの下衆《げす》の家から連れてきた、こざっぱりした若い娘達五、六人で稲こきをさせ、また見たこともないくるくる回るものを二人で挽《ひ》かせて歌を歌わせたりする様子を、珍しく眺めたり笑ったり。ほととぎすの歌を詠もうとしていたことも、忘れてしまいます。

唐絵《からえ》に描いてあるようなお膳でご馳走《ちそう》が出てきたのですが、誰も見向きもしないので、家の主人は、

「たいそう田舎風の料理ですよ。こんな田舎に来た人は、下手をすると主人が逃げ出しそうなほどに催促して、召し上がるものなのに。このように全く手付かずでは、それらしくありませんな」

などと座を取り持ち、

「この下蕨《したわらび》は、私が摘んだのですよ」

と言うのです。

「女官《にょうかん》なんかみたいに、お膳に並んで食べられるものではありませんよ」

と私が笑えば、

「ならば、下に降ろして召し上がれ。いつも腹ばいの格好に慣れきっている皆さんだからね」

と、賑《にぎ》やかにお世話をしてもらううちに、

「雨が降りだしました」

と従者が知らせてきました。急いで車に乗ろうとする時、

「でも、〝ほととぎすの歌〟はここで詠むのがよいのでは?」

と一人の女房が言ったのですが、

「大丈夫よ。帰り道にでも詠みましょう」

などと言って、皆が乗ってしまったのです。

卯《う》の花がたくさん咲いている枝を折って、車の簾や横側に挿し、なお余ったので屋根や棟などに、長い枝を葺《ふ》くように挿せば、まるで卯の花の垣根を牛にかけているよう。お供の男達も笑いながら、

「ここがまだだ」

「ここがまだだ」

と、競うように挿しています。

誰かにばったり出会いたいものよと思っているのにさっぱりで、賤《いや》しい法師やどうでもいい下衆ばかりがたまにいるくらい。とても悔しくて、内裏《だいり》の近くまでやってきたけれど、

「このままではすまされないわ。この車の様子を、誰かに吹聴してもらって終わりとしなくては」

と、藤原為光《ためみつ》様の六男坊である侍従殿の公信《きんのぶ》様に見せるべく、為光様の一条殿《どの》の近くに車を停めました。

「侍従殿はいらっしゃいますか。ほととぎすの声を聞きにいって、今帰るところなのですが……」

と言わせに遣《や》った使者が戻ってきて、

「侍従殿が、『今すぐ参ります。しばしお待ちください』とおっしゃっていました。侍所《さぶらいどころ》でくつろいでいらしたのですが、がばと起き上がって、指貫《さしぬき》をはいておられましたよ」

と言います。が、

「待つことないわよ」

と車を土御門《つちみかど》の方へ走らせると、いつの間に身支度を整えたのでしょう、帯を道々

に結びながら、

「ちょっと……ちょっと！」

と、公信様が追ってきました。お供に、侍が三、四人ばかり、何も履かずに走ってくるようです。

「早くやって」

と車をうんと急《せ》かして、土御門に行き着いたところに、公信様たちは息を切らしてばたばたとやってきて、車の様子に大笑いされました。

「正気の人が乗っているとは見えないなぁ。まぁ、降りて見てみるといいですよ」

などとお笑いになると、お供の者達も一緒に、面白がって笑っていたのです。

公信様が、

「歌はどうされましたか。それを聞かなくては」

とおっしゃったので、

「またあとで。中宮様のお目にかけてからね」

などと言っていたら、雨が強くなってきました。公信様は、

「どうして他の御門のようでなく、土御門に限って、屋根もなく造ったのだろう、今日はまた特に腹立たしいなあ」

と、そして、

「どうやって帰ればいいのだ。とにかく遅れまいと思っていたので、ここまでは人目も構わずに走ってくることができたけれど、もっと奥へとなると、不格好すぎるだろう」

とおっしゃったのだけれど、

「どうぞいらっしゃいな、内裏へ」

と言ったのです。

「烏帽子《えぼし》姿ではちょっと……」

「冠《かぶり》を取りに人をお遣りになっては？」

などと言っているうちに本降りになってきたので、笠《かさ》も無いお供の男達は、どんどん車を門から曳《ひ》き入れてしまいました。公信様は、一条殿から持って来た傘をさささせて、ふり返りふり返り、今度はのろのろとおっくうそうに、ただ卯の花を手なぐさみにしている姿も、愉快なのです。

そうして中宮様の御前に参上すると、道中の様子などを、お尋ねになります。おいてきぼりになって悔しがっていた女房達は、恨みごとを言ったりして不満そうにしているけれど、公信様が一条の大路を疾走した話をすると、皆が笑いだしました。

「ところでどうしたの、歌は」

と中宮様がお尋ねになるので、かくかくしかじかと申し上げると、

「情けないことだわね。殿上人《てんじょうびと》などが聞きつけるでしょうに、気の利いた歌の一つも無しにどうするの。ほととぎすの声を聞いたその場で、すぐに詠めばよかったのよ。構えすぎたのがいけないのね。今ここででも、お詠みなさいな。本当にしょうがない……」

などとおっしゃるので、もっともなことと思って、しょんぼりしてしまいます。歌の相談などしているうちに、公信様がさきほどの花に結んで、卯の花色の薄様《うすよう》に歌を書いて寄越《よこ》しました。が、この歌は覚えていません。

こちらへの返歌を先にと、硯《すずり》を取りに局《つぼね》へ人を遣ったところ、

「とにかくこれで、早くお書きなさい」

と、中宮様が御硯箱の蓋《ふた》に紙などを載せて下されました。

「宰相《さいしょう》の君、お書きになって」

「やはりあなたでしょう」

などと言い合っているうちに、雨で空は真っ暗になり、雷がひどく大きく轟《とどろ》いたので、気が動転してひたすら恐ろしく、御格子《みこうし》を大あわてで下ろしまわっていたら、歌のことも忘れてしまったのです。

雷はだいぶ長いあいだ鳴り続け、少しおさまった頃には、日が暮れていました。やはり今、公信様への返歌を差し上げてしまいましょうととりかかると、上達部《かんだちめ》や色々

な人達が、雷のお見舞いに中宮様のところへ参上されたので、西の廂《ひさし》に出て応対などするうちに、返歌のことは紛れてしまいました。

他の女房達もまた、「そうして歌を贈られた人が歌を返すべきよ」と、そのままになってしまいます。私は、やっぱり歌には縁の無い日なのだとがっかりして、

「こうなったからには、ほととぎすを聞きに行ったということも、どうにかしてあまり人には話さないようにしましょうよ」

などと笑っていました。

中宮様は、

「今からでも、ほととぎすを聞きに行った者同士で、歌を詠めないはずはないでしょうに。でも、もう詠むまいと思っているのね」

と、不機嫌そうな表情をしていらっしゃるのも、とても素敵。

「けれど、今となっては興ざめになってしまっておりますし」

と申し上げると、

「『興ざめ』ですませていいものですか」

などとおっしゃったのですが、そのままになってしまいました。

二日ほど経《た》って、その日のことなどを話していると、宰相の君が、

「どうでしたか、明順様が手ずから摘んだ下蕨のお味は」

とおっしゃるのを中宮様がお聞きになって、

「何を思い出すのかといったら、まあ」

とお笑いになります。散らかっている紙に、

「下蕨こそ恋しかりけれ」

とお書きになって、

「上《かみ》の句をつけてみて」

とおっしゃられたのも、素晴らしいことでした。

「ほととぎすたづねて聞きし声《こゑ》よりも」

と書いてお見せしたところ、

「ずいぶんとまた、あけすけに書いたものね。どうしてこれくらいのことに、ほととぎすを出してきたのかしら」

とお笑いになるのも恥ずかしいのですが、

「いえ、私は歌というものを、もう詠むまいと思っているのです。何かの折など、他の方がお詠みになる時も、私に詠めなどとお命じになられたら、とてもお側《そば》にお仕えできそうにない気がいたします。といって、まさか歌の字数も知らないとか、春に冬の歌を、秋に梅や桜の歌などを詠むわけはございませんが、とはいえ歌詠みと言われた者の子孫*としては、少しは人並み以上に詠んで、『あの時の歌はこちらが素晴らし

かった。何といっても、誰それの子なのだから』などと言われてこそ、詠み甲斐《がい》がある気持ちもいたしましょう。全く、格別目につくところも無いのに、それでもいっぱしの歌らしく、『私こそ』と思っているかのように真っ先に詠み上げたりするのは、亡き父のためにも気の毒なことでございます」

と切々と申し上げると、中宮様はお笑いになって、

「それならば、あなたの気持ちに任せますよ。私は、歌を詠みなさいとは言わないわ」

とおっしゃったので、

「いっぺんに気分が楽になりました。もう、歌のことは気にしないでいられます」

などと言ったのです。

その頃、中宮様が夜通しの庚申待《こうしんまち》*をなさるというので、内大臣の伊周《これちか》様は、たいそう心を入れて準備なさっていました。次第に夜が更けてきた頃、お題を出して、女房達にも歌を詠ませられたのです。皆、気色ばんでひねり出しているのですが、私は中宮様の御前近くに控えて、何かを申し上げたり、歌とは関係無い話ばかりしているのを伊周様がご覧になって、

「どうして歌を詠まずに、ぽつんと離れているのかな。題を取りなさい」

と、歌の題をくださるのですが、

「お許しを賜りまして、歌は詠まないことになっておりますので、考えることもしておりません」

と申し上げました。

「おかしなことを……本当なのか？　どうして、そんなことをお許しになったのだろう。とんでもないことだね。まあよい、他の時は知らないけれど、今夜は詠むように」

などとせきたてるのですが、きっぱりと聞き入れずに控えていると、皆が詠み出してきて、それらの良し悪《あ》しなどを評している時に、中宮様がちょっとした御文《おふみ》を書いて、こちらに投げてよこされました。広げて、

元輔《もとすけ》が後《のち》と言はるる君しもや今宵《こよひ》の歌にはづれてはをる

（歌詠みの元輔の子の君なのに今宵の歌から外れているのね）

とあるのを見れば、面白いことといったらありません。私がひどく笑っているので、

「何だ何だ」

と、伊周様もおっしゃいます。

「その人の後といはれぬ身なりせば今宵の歌をまづぞよままし

＊Ｐ１８７　清少納言の父・清原元輔は著名な歌人で、後撰集の撰者の一人。

＊庚申の晩に寝ると体内にいる虫が悪さをするとされ、夜通し起きているという行事があった。

（その人の血筋と言われぬ身であれば今宵は最初に歌を詠みたい）
何憚《はばか》ることがございませんのなら、千首の歌であっても、ここから出て参ることでしょう」

と、私は申し上げたのです。

一〇〇

中宮様が、職《しき》の御曹司《みぞうし》にいらっしゃる時。八月十日過ぎの月の明るい夜、中宮様は右近《うこん》の内侍《ないし》に琵琶《びわ》を弾かせて、端近《はしぢか》の所にお座りになっていらっしゃいました。おしゃべりしたり笑ったりする女房達の中で、私が廂《ひさし》の柱に寄りかかって黙って控えていると、

「なぜそんなに静かにしているの。何か話してちょうだい、寂しいから」

と中宮様がおっしゃったので、

「秋の月の心を、*じっくりと眺めているのでございます」

と申し上げると、

「そうも言えるのでしょうね……」

と、おっしゃったのでした。

一〇一

お身内の方々、君達《きんだち》、殿上人《てんじょうびと》など、中宮様の御前《おまえ》にとても多くの人々がいらっしゃるので、廂《ひさし》の柱に寄りかかって、女房とおしゃべりなどして座っていると、中宮様が何かを投げて下さいました。開けてみると、

「あなたを可愛がるべきか否か。『一番に思われない』のは如何《いかが》?」

と、書かれていました。

普段、御前で皆と話をしている時も、

「何であっても、人から一番に思われなかったら、どうしようもないわ。いっそ憎まれ抜いて、どうしようもない扱いを受ける方がましよ。二番、三番なんて、死んでもいや。一番がいいの」

などと私が言って、

＊「秋の月の心」「月影は同じ光の秋の夜を分きて見ゆるは心なりけり」（後撰集）。白楽天「琵琶行」にも、秋の月を無心に眺める一節がある。

「一乗《いちじょう》の法、＊というわけね」

と女房達も笑うという、その辺りに関するお言葉なのでしょう。

中宮様が筆や紙などを下されたので、

「中宮様とご一緒の極楽浄土、九品蓮台《くほんれんだい》＊＊の間であれば、たとえ一番下であっても」

などと書いて差し上げると、

「ひどく落ち込んだものね。そんなことではいけないわ。断言したことなら、そのまま押し通すものよ」

とおっしゃいます。

「それは、お相手によりけりで……」

と申し上げれば、

「それがよくないのよ。一番の相手から一番に愛されたい、と思わなくてはね」

とおっしゃったのが、とても素敵だったのです。

一〇二

中宮様の弟君である中納言の藤原隆家《たかいえ》様が参上されて、中宮様に扇を進上される時

に、

「この隆家、素晴らしい扇の骨を手に入れてございます。それに紙を張らせて差し上げようと思っているのですが、並の紙を張るわけにはまいりませんから、探しているところなのです」

と申されました。

「どのようなものなのですか」

と中宮様がお訊《たず》ねになると、

「すべてが素晴らしいのです。本当に、これほどのものは見たことがございません」

「すべてが素晴らしいのです。『まったく見たことのない骨の様子だ』と、人々が申します。本当に、これほどのものは見たことがございません」

と声高におっしゃるので、

「それでは、扇の骨ではなくて、くらげの骨みたいですね」

と私が申し上げると、

「それ、いいね。私が言ったことにしてしまおう」

と、お笑いになりました。

＊ 法華経の中に、法華経こそが「彼岸に至る唯一の乗り物（＝一乗）であり、二番も三番も無い」といった記述がある。
＊＊ 極楽は九の階級に分かれているとされた。

こんな出来事は、「いたたまれないこと」の中に入れてしまいたいけれど、「一つでも書き落とさないように」と言われたので、仕方ないですよね。

一〇三

雨が引き続き降っている頃、その日もやはり雨模様だったのですが、帝《みかど》からの御使いとして、式部丞《しきぶのじょう》の信経《のぶつね》が中宮様のところに参上していました。例によって敷物を差し出したのを、いつもより遠くに押しやって座らないので、

「誰のための敷物なのかしら?」

と言うと、信経は笑って、

「こんな雨なのに敷物に上がれば、足の跡がついて、汚れてしまって申し訳ないですからね」

と言います。

「でも、洗足《せんぞく》の道具*くらいにはなりましょうに」

と言うと、

「今のは、あなたが上手くおっしゃったのではありませんよ。私が足跡のことを言わ

なければ、おっしゃれなかったでしょう」

　と、何度も言うのが、面白かったものです。そして私は、

「昔、中后《なかきさい》の君のもとに、『えぬたき』という、有名な下仕えの者がおりました。美《み》濃守《ののかみ》在任中に亡くなった藤原時柄《ときがら》が蔵人《くろうど》だった頃、下仕え達がいる所に立ち寄って、『この者があの、名高いえぬたきか。そう大した男にも見えないがね』と言った返事に、『それは〝時柄〟**によってそう見えるのでしょう』と言ったということが、『相手を選んだとしても、まずこんな上手い具合に返すことはできなかろう』と、上達部《かんだちめ》や殿上人《てんじょうびと》の間で、面白い話として語り草になったのですって。やはり、その通りだったのでしょうね。今日までこうして言い伝えられているのですから」

　と、お聞かせしたのです。

「それもまた、〝時柄〟が言わせたことでしょう。何であれ、お題次第で、詩も歌もうまくできるものです」

　と信経が言い、

「なるほど、そうかもしれませんね。では、私がお題を出しましょう。歌を詠んでくださいな」

　＊「洗足の道具」　敷物の別名「氈褥《せんぞく》」にかけた洒落。
＊＊「時柄」と、時と場合によって、をかけた。

と私が言うと、

「ああ、結構ですよ」

と答えます。

「同じことなら、御前でたくさんお題を出しましょう」

などと言っている時に、中宮様からの御返事が来たので、

「ああ、恐ろしや。逃げ帰ろう」

と言って出ていったのを、

「信経は、漢字も仮名も書くのがひどく下手で、笑いものにされているから、隠しているのよ」

と女房達が言うのも、可笑《おか》しかったものです。

信経が作物所《つくもどころ》の別当をしていた時、誰のところに送ったのか、何かの図面ということで、

「こんな風に作って差し上げるように」

と書いた漢字の書風も字体も、またとなく珍妙でした。それを私が見つけて、図面の端に、

「この通りに作ったら、さぞ変なものが出来上がることでしょう」

と書いて殿上の間に届けたので、皆がそれを見て大笑いしたということに信経はた

いそうご立腹で、私はおおいに憎まれたことでした。

一〇四

淑景舎《しげいさ》の君が春宮妃《とうぐうひ》として入内《じゅだい》される時のあれこれといったら、素晴らしくないものは何一つとしてありませんでした。正月十日に入内された後、中宮様との御文《おふみ》などは頻繁に交わされましたが、まだご対面は無かったのを、二月十日過ぎに中宮様の方へ淑景舎の君がお渡りになるという報《しら》せがあったので、お部屋の飾りつけを普段よりも特別入念に美しく整え、女房なども皆、気を配っていたのです。

夜中頃にお越しになったので、ほどなくして夜が明けました。登花殿《とうかでん》の東の廂《ひさし》の二間《ふたま》に、お迎えのご用意がしてあります。夜にお越しになって、翌日いっぱいいらっしゃるということなので、淑景舎方の女房は、御物宿《おものやどり》に向いている渡殿《わたどの》に控えています。関白道隆《みちたか》様と奥方の貴子様*は、夜明け前に一台の車で参内《さんだい》されました。翌朝、早くに御格子《みこうし》はぐるりと開け放たれ、ご対面用の部屋の南側に四尺の屏風《びょうぶ》を

＊高階成忠の娘。和歌、漢詩に長けた才女。

北向きに立て、西から東へと敷物を敷き、畳の上に茵《しとね》だけ置いて中宮様の御座とし、そこに火桶《ひおけ》をご用意します。屏風の南、帳台《ちょうだい》の前に、女房達がたくさん控えていました。

まだこちらで中宮様の御髪《みぐし》の手入れなどしてさし上げている時、

「淑景舎の君を見たことはあって？」

と中宮様が私にお訊《たず》ねになったので、

「いいえ、ございましょうか。積善寺《さくぜんじ》供養の日に、後ろからのお姿だけを、ちらっと」

と申し上げると、

「その柱と屏風の近くに寄って、私の後ろからこっそり見てごらんなさい。とてもきれいな方よ」

とおっしゃるので、嬉《うれ》しいやら拝見したい気持ちが募るやらで、早くおいでになればいいのに、と思っていたのです。

中宮様は、紅梅の固紋《かたもん》・浮紋《うきもん》のお着物を、紅《くれない》の三重《みえ》の打衣《うちぎぬ》の上に、ただ重ねていらっしゃるのですが、

「紅梅の表着《うわぎ》には、濃い紫の打衣の方が合うわね。着られないのが残念だわ。もう紅梅のものは、着なくてもいいような季節なのに。でも、萌黄《もえぎ》なんかは好きではないか

ら……、紅には合わないかしら？」

などとおっしゃるのは、ただただ素晴らしいご様子なのです。お召しになる衣の色も格別で、そのままお顔立ちと引き立て合っているので、「やはりもう一人の素敵なお方も、こんな風でいらっしゃるのでしょうね」と、わくわくしてくるのでした。

その後、中宮様が膝行《しっこう》で部屋にお入りになったので、そのまま屛風にくっついて覗《のぞ》いていると、

「それは駄目でしょう」

「はらはらするようなことを……」

と女房達が聞こえよがしに言い合っているのも、愉快です。障子《しょうじ》が随分と広く開いているので、とてもよく見ることができました。

奥方は、白い表着などに、糊《のり》のきいた紅の打衣を二枚ばかりお召しで、母としてではなく、娘達に仕える女房としてということなのでしょう、裳《も》をひきかけて、奥の方に寄って東向きに座っていらっしゃるので、ほんのお召し物などだけが、目に入ります。

淑景舎の君は、北に少し寄って、南向きにいらっしゃいました。紅梅色の袿《うちき》をたくさん、濃い淡いと重ねた上に、濃紫の綾《あや》の着物、ほの赤い小袿《こうちき》は蘇枋《すおう》の織物で、萌黄

色の若々しい固紋の表着をお召しになって、扇をじっと持ってお顔を隠していらっしゃるのが、実に何とも素晴らしく、愛らしいお姿なのです。道隆様は、淡紫色の直衣《のうし》、萌黄色の織物の指貫《さしぬき》、紅の着物を何枚かお召しで、直衣の紐を結んで廂の柱にもたれかかり、こちら向きにいらっしゃいます。そして姫君達の輝くようなご様子を前に、微笑《ほほえ》みながらいつものようにご冗談をおっしゃっていました。

淑景舎の君がたいそう可愛らしく、絵に描いたように座っていらっしゃるのに対して、中宮様はすっかり落ち着いて、いま少し大人びた表情が紅のお召し物に美しく映えているご様子は、比類のないお姿に思われたものです。

朝の洗面用の御手水《みちょうず》を差し上げました。淑景舎の御方《おんかた》の御手水は、宣耀殿《せんようでん》、貞観殿《じょうがんでん》を通って、童女《わらわめ》二人と下仕え四人でお持ちするようです。唐廂《からびさし》よりこちらの廊に、淑景舎方の女房が六人ほど控えていました。廊が狭いということで、半数は淑景舎の君をこちらまでお送りした後、帰っていきました。桜の汗衫《かざみ》やら、萌黄、紅梅やらと色とりどりの姿の童女が、汗衫を長く引いて御手水をお渡しするのが、とても優美で素敵なのです。

織物の唐衣《からぎぬ》の裾々が簾の下からこぼれ出ていて、相尹《すけまさ》の馬の頭《かみ》の娘である少将、北野宰相《さいしょう》の娘である宰相の君などが、近くに座っています。きれい……と見ているうちに、中宮様側の御手水は、青裾濃《すそご》の裳、唐衣、裙帯《くたい》、領巾《ひれ》など着け、顔を真っ白に塗った当番の采女《うねめ》が、下仕えなどに取り次いで差し上げ、こちらはまた格式高い唐風《からふう》で、見事でした。

朝のお食事の時になり、理髪係の女官《にょうかん》が参上し、女蔵人《にょくろうど》達が給仕用の髪上げ姿でお膳を運ぶ時は、こちらと隔てていた屛風も開けてしまいました。覗き見をしていた私は隠れ蓑《みの》を奪われた気持ちになったのですが、まだ物足りないしつまらなく思い、御簾《みす》と几帳《きちょう》の間に入って柱の外から見ていたので、私の着物の裾や裳などは、御簾の外にすっかりはみ出していました。そんなところを道隆様が端の方から見つけ出され、

「あれは誰かね、御簾の間から見えているのは？」

とおとがめになると、中宮様は、

「清少納言が、見たがっているのでしょう」

とおっしゃったのですが、

「そりゃ照れるな。あれは古くからの馴染《なじ》みだよ。ずいぶん不細工な娘達を持っているわね、とでも思って眺めているにちがいない」

などとおっしゃるご様子は、何とも得意げなのです。

淑景舎方でも、お食事をお出ししています。

「うらやましいねえ。どなた様も皆、お食事が参ったようだな。早く召し上がって、この爺婆にせめてお下がりなりと願いたいね」

などと、道隆様が日がな冗談ばかりおっしゃっているところに、大納言の伊周《これちか》様と三位《さんみ》の中将の隆家《たかいえ》様が、伊周様のご子息の松君《まつぎみ》を連れて参上されました。道隆様は、待ちかねたように松君を抱きとってお膝にのせるのですが、本当に可愛らしいお孫さんなのです。狭い縁には、ことごとしい御装束の下襲《したがさね》などが広がっています。伊周様は、堂々としてきりりと美しく、隆家様はお洒落《しゃれ》な感じ。いずれもご立派なお姿を拝見して、道隆様はもちろんのこと、奥方の運命こそが素晴らしく思われたことです。

「敷物を」

とすすめられますが、伊周様は、

「陣の座に参りますので」

と、急いで行ってしまわれました。

しばらくして、式部丞《しきぶのじょう》の何某《なにがし》が帝《みかど》からの御使いとして参上したので、御膳宿の北寄りの部屋に茵《しとね》を用意して座らせました。中宮様からのお返事も、早くにお出しになります。

その茵もまだ仕舞わないうちに、今度は春宮から淑景舎の君への御使いとして、周《ちか》頼《より》の少将が参上しました。御文を受け取った後、渡殿は縁側が狭いので、こちらの縁側に別の茵を用意します。道隆様、奥方、中宮様などが、御文を順にご覧になっていました。

「お返事を、早く」

ということですが、すぐにはお書きにならないので、

「私が見ているからお書きにならないのだな。そうでない時は、自分の方から次々と文を出されるということなのに」

などと道隆様がおっしゃると、淑景舎の君はお顔をぽっと赤らめて微笑まれるのが、何とも素晴らしい光景です。

「本当に、早くお書きなさい」

と奥方もおっしゃるので、淑景舎の君はむこうを向いてお書きになりました。奥方も近くに来て一緒にお書きになったので、淑景舎の君はますますきまりが悪そうにしていらっしゃいます。

中宮様方から御使いへの禄《ろく》として、萌黄の織物の小袿や袴をお出しになると、隆家様が周頼の少将の肩にお掛けになります。少将は、いかにも首が苦しそうに立ち上がったのでした。

松君が片言で何かおしゃべりするのを、誰もが皆、可愛がります。

「中宮様のお子として人前に出したって、おかしくはあるまい」

などと道隆様がおっしゃるのを聞いて、確かにどうして今まで中宮様におめでたがなかったのかしらと、気がかりになってきたことでした。

　未《ひつじ》の時頃のこと、

「筵道《えんどう》をご用意いたします」

などと声がして間もなく、衣ずれの音も清らかに帝がお入りになったので、中宮様も母屋《もや》にいらっしゃいました。そのまま御帳台《みちょうだい》*にお二方がお入りになったので、女房達も皆そこにいるわけにいかず、そろそろと南面《みなみおもて》に去っていったようです。廊には、殿上人《てんじょうびと》がたくさんいます。道隆様が中宮職《しき》の役人をお呼びになって、

「くだものや肴《さかな》などを用意するように。皆を酔わせてしまえ」

などとおっしゃったのですが、本当に皆が酔っぱらって女房達とのおしゃべりが始まると、互いに愉快な心持ちになっているようでした。

日が沈む頃に帝はお起きになり、山の井の大納言**をお呼びになって、お召し替えになってからお帰りになりました。桜の御直衣に紅の御衣《おんぞ》が夕日に映えて美しかったのですが、畏れ多いのでこれ以上は筆を控えておきましょうか。

　山の井の大納言は、ご縁の薄いごきょうだいですが、中宮様とはとても仲良くしていらっしゃいます。その華やかな存在感は、こちら方の大納言・伊周様より勝っておられるのに、世間の人はしきりに悪く言うのが、本当にお気の毒なのです。道隆様、伊周様、山の井の大納言、隆家様、内蔵頭《くらのかみ》などが、帝のお供をされました。

その後、「清涼殿《せいりょうでん》への参内《さんだい》を」と伝える帝から中宮様への御使いとして、馬の典侍《ないしのすけ》

がやってきました。中宮様が、

「今夜はちょっと……」

などとためらわれているのを道隆様がお聞きになって、

「とんでもないことを。早く参上なさい」

とおっしゃっているところに春宮からの御使いも度々来るので、騒がしいといったらありません。お迎えに、春宮の侍従という女房もやってきて、

「お早く」

と、せきたてるのです。

「それではともかく、あちらの君をお帰し申し上げてから、ね」

と中宮様がおっしゃれば、

「まさか私が先には参れません」

と遠慮する淑景舎の君に、

「お見送りしましょう」

と中宮様。……といったご様子も、輝くばかりに素晴らしいのです。

「では、遠くのお方から先に」

＊すぐに二人で閨《ねや》へ。一条天皇、十六歳。
＊＊中宮定子の異腹の兄、道頼。

ということになって、淑景舎の君がお帰りになりました。

道隆様達が、淑景舎の君のお見送りからお戻りになってから、中宮様は参内されます。その道々に聞く道隆様の軽口に私達は笑い転げて、あやうく打橋から落ちそうになったのでした。

一〇五

清涼殿《せいりようでん》の殿上《てんじよう》の間《ま》から、花がすっかり散ってしまった梅の枝が届いて、

「これを、どう見る?」

ということなので、ただ一言、

「早くに散ってしまったこと」*

と答えると、その詩を聞かせようと殿上人《てんじようびと》達がたくさん黒戸にやってきて吟じたのを帝《みかど》がお聞きになって、

「なまじ平凡な歌など詠むよりも、こういう方が気が利いているね。うまく答えたものだ」

と、おっしゃられたのでした。

一〇六

二月の末頃、強い風が吹いて空はどんよりとし、雪がちらついている時、黒戸に主殿司《もりづかさ》が来て、

「ごめんください」

と言うので近寄ると、

「こちら、公任《きんとう》の宰相様《さいしょう》**からでございます」

ということなので見れば、懐紙《ふところがみ》に、

「すこし春ある心ちこそすれ」***

（春のおとずれ気配だけして）

*「早くに散って……」「大庾嶺《たいゆうれい》ノ梅ハ早ク落チヌ、誰カ粉粧《ふんそう》ヲ問ハン」（和漢朗詠集、柳）をふまえる。

** 藤原公任。関白太政大臣頼忠の長男。歌の名手。和漢朗詠集を編纂。

*** 「少し春ある……」「三時雲冷カニシテ多ク雪ヲ飛バシ、二月山寒ウシテ少シク春有リ」（白氏文集、十四・南秦雪）より。

とあったのは、実に今日のお天気にぴったりだけれど、これに上《かみ》の句をつけると言っても……と、悩んでしまいました。

「殿上《てんじょう》にはどんな方々が？」

と尋ねると、「誰々です」とのこと。気後れするほど立派な方々ばかりいらっしゃるところに、公任様へのお返事を普通にお出ししていいわけがありません。自分だけで考えるのは悩ましいので、中宮様にご覧に入れようとしたのですが、帝《みかど》がいらっしゃっていて、おやすみになっていました。主殿司は、

「早く早く」

と言います。確かに、返事がつまらないだけでなく遅くなろうものなら全く取り柄がないわけで、「ままよ」とばかりに、公任様がとりあげた「南秦の雪」の詩の中の「少有春」の前にある「雲冷多飛雪」をふまえて、

「空寒《そらさむ》み花にまがへてちる雪に」

（寒空に花のふりして散る雪に）

と、ふるえる手で書いて渡したのですが、どう思われているだろうかと考えると、やりきれない思いがします。

このなりゆきを知りたくはあるものの、「悪く言われたのなら聞きたくないわ」と思っていると、

「俊賢《としかた》の宰相などが、『やはり内侍《ないし》*にと、帝にご推薦いたそう』と、決めていらっしゃいましたよ」

と、当時は中将でいらっしゃった左兵衛督《さひょうえのかみ》が、教えてくださったのでした。

一〇七

先の長いもの。

指でひねり合わせて作る、半臂《はんぴ》の長い緒《お》。陸奥国《みちのくに》へ行く人が、逢坂《おうさか》の関《せき》**を越える時。生まれたばかりの赤ちゃんが、大人になるまで。一人で始めた、大般若経の読経。

一〇八

方弘《まさひろ》***という人は、たいそう皆から笑いものにされています。親御さんなどは、どん

＊天皇に仕える女官。

＊＊山城と近江の境。京都から東国へ向かう道程の第一歩にあたる。

な思いで聞いているのでしょうね。

　方弘のお供の中で、人並みの者を呼んで、

「なぜあんな男に使われているのだね。どんな気がするわけ？」

などと、人々は嗤《わら》うのでした。

　方弘の家は、物をきちんと整えるところなのであり、下襲《したがさね》、袍《ほう》なども、人一倍よいものを着ているのですが、紙燭《しそく》をつけてこがしてしまったりするので、

「これを他の人に着せたいものだなぁ」

などと人は言うのです。

　実際、言葉遣いなども変なのです。宿直《とのい》の時に必要なものを取りに従者《ずさ》を家にやるのに、

「男二人で行け」

　と方弘が言うと、

「一人で参りましょう」

　と、従者が言います。

「おかしな奴《やつ》だな。二人分のものを、一人では持てるものか。一升瓶《ひとますがめ》に二升は入らんだろうが」

　という方弘の発言が何を言っているのかよくわかる人はいないのだけれど、大笑い

されてしまうのでした。

他所《よそ》からの使者が来て、

「お返事を、お早く」

と言うと、

「ああ、気に入らない男だなあ。どうしてそう慌てるのかな。かまどに豆でもくべているのか？＊ここ殿上《てんじょう》の間《ま》の墨や筆は、誰が盗んで隠したんだ。飯や酒ならば人が欲しがるだろうが」

と言うのも、また嗤われるのです。

帝《みかど》の母君でいらっしゃる女院《にょういん》がご病気ということで、帝からのお見舞いの御使いとして参上して戻ってきたところに、

「女院の御殿にはどなたがいらっしゃったのですか」

と女房が問えば、あの人この人と四、五人ばかり名前を挙げ、

「他にもどなたか」

と尋ねると、

「それから、寝ている人なんかもいたな」

＊＊＊P209　源方弘。五六段でも笑いものになっている。

＊「かまどで豆でも煮ているのか」と言いたかったのか。

と言うのを嗤うのはまた、いかがなものなのでしょう。

人のいない隙に方弘が私のところにやってきて、

「もし、あなたさまに申し上げます。『まずはお話ししてきなさい』と、ある人がおっしゃったことですよ」

と言うので、

「何ごとなの」

と几帳《きちよう》の近くに寄れば、「身体《からだ》ごとお寄りください」というべきところを、方弘は「五体《ごたい》ごと」と言った、ということで、また人々に嗤われるのです。

除目《じもく》の二日目の晩に、油をさそうと方弘が灯台の敷物を踏んで立つと、敷いてあったのが新しい油引き布だったので、足袋《たび》がべったりとくっついてしまいました。そのまま歩いて戻ろうとしたので、途端に灯台がひっくりかえってしまったのです。足袋に敷物がくっついてゆくものですから、本当に大地震のようだったものでした。

また、蔵人頭《くろうどのとう》が着席されないうちは、殿上の間の食卓には、誰も着席しないことになっています。それなのに方弘は、こっそりと豆を一つかみ卓から取って小障子の後ろで食べていたので、誰かが小障子をのけて丸見えにしてしまい、爆笑されたのでした。

一〇九

見苦しいもの。

着物の背縫いが、片側に寄っている人。また、襟を抜いて着ている人。珍しい客人の前に、赤ん坊をおんぶしたまま出ていってしまうこと。紙の冠《かぶり》でお祓《はら》いしている、法師や陰陽師《おんようじ》。

色黒で不細工で髪はかもじで誤魔化している女と、髭ぼうぼうでやつれてがりがりに痩せた男とが、夏に昼寝している姿ときたら、見苦しいことこの上ありません。どんな〝見せ甲斐《がい》〟があって、昼から同衾《どうきん》しているのでしょう。夜になれば姿も見えませんし、また誰もが寝るものとされているわけで、自分は不細工だからと起きているわけにもいかないでしょう。夜は寝て、朝は早く起きれば、他人を不快にさせずに済むのです。夏に昼寝から起きてきた人というのは、美しい人ならまだしも、器量の良くない者は顔が脂ぎって、むくんで、下手をすると頰が歪《ゆが》んでしまっていることでしょう。こんな者同士が互いに顔を見合わせた時の、生きる甲斐も失《う》せる感じといったら……。

痩せて色黒の人が生絹《すずし》の単衣《ひとえ》を着ているのは、とても見苦しいものです。

一一〇

言いづらいもの。

人の文《ふみ》の中に、高貴な方《かた》からの自分についての仰せ言《ごと》がたくさんあるのを最初から最後まで……というのは、とても読み上げにくいものです。

立派な方からの贈り物に対する、お礼の言葉。

大きく成長した子が、思いがけないことなど質問してくると、人前では答えにくいもの。

一一一

関《せき》は　逢坂《おうさか》。須磨《すま》の関。鈴鹿《すずか》の関。岫田《くきた》の関。白河《しらかわ》の関。衣《ころも》の関。

すぐ越えられそうな直越《ただこ》えの関は、越えにくそうな憚《はばか》りの関とは大違いに思われます。

横走《よこはし》りの関。清見《きよみ》が関。みるめの関。よしよし（まあいいか）の関といったら、「どうして思い直してしまったのかしら」と、とても知りたくなります。勿来《なこそ》（来るな）の関、と言われたからなのでしょうか。男と女の〝逢坂〟などを、そんな風に思いとどまるというのは、やるせないことでしように。

一一二

森は　浮田《うきた》の森。うえ木の森。岩瀬《いわせ》の森。立ち聞きの森。

一一三

原は　あしたの原。粟津《あわづ》の原。篠原《しのはら》。萩原《はぎはら》。園原《そのはら》。

一一四

四月の末頃、長谷寺《はせでら》にお詣《まい》りに行って、「淀《よど》の渡り」ということをしたのですが、舟に車を積み込んで、水面に少しだけ出ている菖蒲《しょうぶ》や菰《こも》などを取らせたところ、その下はとても長いのでした。菰を積んだ舟が行き来するのが、何とも素敵な光景だったものです。「高瀬《たかせ》の淀に」*という歌は、これを詠んだのでしょうね。

五月三日に帰ったのですが、雨が少し降った時、菖蒲を刈ろうと、小さな笠《かさ》をかぶって脛《すね》を長々と出した少年などがいるのも、屏風《びょうぶ》の絵のようでとても美しいのです。

一一五

いつもと違って聞こえるもの。

お正月の車の音、鶏の声。

夜明けの咳《せき》ばらい。楽器の音は、言わずもがな。

一一六

絵に描くと見劣りするもの。
撫子《なでしこ》。菖蒲《しょうぶ》。桜。
物語で美しいとされている、男女の容貌。

一一七

絵に描いた方がよく見えるもの。
松の木。秋の野。
山里。山道。

＊「こも枕高瀬の淀に刈る菰の刈る（離《か》る）とも我は知らで頼まむ」（古今六帖、六）

一一八

冬は、とことん寒いのが。
夏は、尋常でなく暑いのが。

一一九

しみじみするもの。

親孝行な人。

吉野の金峰山《きんぷせん》に詣でるための御嶽精進《みたけしょうじん》をしている、身分ある若者。家人とは隔てたところに籠って勤行し、夜明け前にぬかずく姿は、たいそう尊い感じがするものです。特別な仲の人などが、眠れずにその様子を聞いているのでしょう。

実際に御嶽詣でをする時はどうなるのだろうと慎み恐れていた人が無事にお詣《まい》りできたのは、とても喜ばしいものです。そんな時は、烏帽子《えぼし》の様子などが、少しみっともなくなっているもの。やはり偉い方とはいっても、ひたすら質素な格好で参詣するということなのです。

右衛門《えもん》の佐《すけ》の藤原宣孝《のぶたか》*という人は、

「つまらないことだねえ。ただ清い着物でさえあれば、質素でなくともよかろうに。まさか、絶対に粗末にして詣でよとは、御嶽の蔵王権現《ざおうごんげん》様も決しておっしゃるまいよ」

ということで、三月末にとても濃い紫の指貫《さしぬき》に白い狩衣《かりぎぬ》、山吹《やまぶき》色のひどく大げさな衣などを着て、息子の主殿《とのもり》の助《すけ》の隆光《たかみつ》には青い狩衣、紅《くれない》の衣、乱れ模様を摺《す》り出した水干《すいかん》という袴《はかま》を着せて、ぞろぞろと参詣したのです。帰る人もこれから行く人も、珍しがり奇妙がり、

「およそ昔からこの山で、こんな格好の人は見たことがない」

と仰天していました。四月初めに御嶽から帰ると、六月十日頃に筑前守《ちくぜんのかみ》が辞任した後釜となったというので、

「なるほど、言っていたことは間違いではなかったのだな」

と、評判になったことでした。これは「しみじみすること」ではないけれど、御嶽の話のついで、ということで。

男でも女でも、若くて美しい人が、漆黒の喪服をまとっている姿は、あわれ深く感

＊ 紫式部の夫。「紫式部日記」における清少納言への悪口は、ここでの宣孝評が、紫式部には不快だったため、という説も。

じるものです。

九月の末、十月の初め頃に、ほんの聞こえるか聞こえないかくらいに耳に届く、こおろぎの声。

卵を抱いている鶏。

秋深い庭の草に、色とりどりの玉のように置かれた露。

夕暮れや夜明け前に、河竹が風に吹かれている音を、目を覚まして聴く時。また、夜なども全て。

山里の雪。

想《おも》い合っているのに、邪魔立てする人がいて、思うにまかせない若い男女の仲。

一二〇

正月にお寺に籠る時は、しんしんと寒く、凍てつくような雪模様というのがよいのです。雨が降ってきそうな空模様では、まるで気分が出ないというもの。

清水寺《きよみずでら》などに詣《もう》で、参籠《さんろう》のための局《つぼね》を用意する間、くれ橋のところに車を寄せて停《と》めていると、袈裟《けさ》などではなく、かけ帯くらいを胸にかけた若い僧達が、足駄《あしだ》というものを履いて、少しも足元に用心することなく上り下りしていました。どういうことはないお経の部分を口ずさんだり、倶舎《くさ》の頌《ず》などを唱えながら歩いたりするのは、場所柄に合って素敵な姿です。私達が上る時は、とても危なく思われて、端に寄って高欄につかまったりして歩くのに、僧達は、単なる板の間かのように歩いているのも、面白いもの。

「局の用意ができました。お早くどうぞ」

となれば、従者《ずさ》達は沓《くつ》を持ってきて、車から人を降ろします。着物の裾をまくりあげたりしている者もいれば、裳《も》や唐衣《からぎぬ》など、仰々しく装っている者も。深沓《ふかぐつ》や半靴《ほうか》などをひきずりながら廊下の辺りを歩くのは、宮中あたりにでもいるような感じで、また面白いのです。

出入りを許されている若い男達や一族の子弟達などが大勢続いて歩き、

「その辺りは、低くなっている所がございます。そちらは高くなっております」

などと女主人に教えながら進みます。どのような人なのでしょうか、女主人にぴったり付き添って歩き、追い越してゆく者などに、

「しばしお待ちください。高貴な方がいらっしゃる時は、そうはしないものですよ」

などと言うのに対して、「なるほど」と少し遠慮する者もあれば、また無視して

「自分が先に仏《ほとけ》の御前《おまえ》に」と思って、行ってしまう者もいるのでした。

局に入る時、人々が並んで座っている前を通ってゆくのはひどく嫌なものですが、それでも、犬防ぎ《いぬふせ》*から中を覗《のぞ》いた時の気持ちといったら、本当に畏れ多くて、どうして何ヶ月もお参りをせずにいたのかしらと、まずは信心が湧き上がってくるのです。ずっと燃えている常灯ではなくて、誰かが別に内陣に奉納したお灯明《とうみょう》が恐ろしいほどに燃えているその火でご本尊がきらきらと輝いている様は、素晴らしく尊いものです。僧達が手に手に願文《がんもん》を捧《ささ》げ持って、仏前の台座にむかって身体《からだ》を揺すって祈っても、堂内をゆるがすほどの祈りの声なので、どれが誰の願文と聞き分けられそうにありませんが、必死に絞り出す声また声は、とはいえそれぞれないまぜにはならないのでした。

「千灯《せんとう》奉納のお志は、誰々の御為《おんため》……」

といったところは、わずかに聞きとることができます。参詣《さんけい》用の帯を結んで拝んでいる時、

「もし、御用を承ります」

と、僧が樒《しきみ》の枝を折って持ってくれば、尊い香りもまた素晴らしいのです。犬防ぎの方から僧がやってきて、

「しっかりとお祈りをしておきました。何日くらいお籠りになる予定ですか。今、これこれの方がお籠りでいらっしゃいますよ」

など言って去った後にはすぐ火桶《ひおけ》や果物などが届けられ、手洗いの水が入った水さし、手なしの盥《たらい》なども用意されています。

「お伴の方は、あちらの宿坊に」

ということでした。誦経《ずきよう》の時の鐘の音など、私のための鐘と聞けば、心強く感じられるものです。

すぐ近くにいたなかなかいい雰囲気の男性のところからは、ごくひっそりぬかずいたりと、たしなみがありそうな立ち居振る舞いの物音が、漏れ聞こえてきます。そんな人がひどく思いつめた様子で、一睡もせずに勤行をしているのは、実にしみじみするものです。こちらがまどろんでいる時は、うるさく聞こえない程度にお経を読んでいるのも、尊い感じ。もっと声をあげたいはずでしょうに。ましてや洟《はな》などを、耳障りな大きな音をたてるのではなく、ひっそりとかんでいるのには、「何を祈っている方なのかしら。その願い事を叶《かな》えさせてあげたいものだわ」と、思われるのでした。

何日か籠るような時は、かつてであれば昼は少しのんびりとしていたものです。お供の男や女、童女《わらわめ》などが僧の宿坊に皆行ってしまって退屈していると、局のすぐ近くで法螺貝《ほらがい》を急に吹く者があったりで、たいそう驚かされました。

＊本尊がある内陣と外陣を区切る格子。

きれいな立文《たてぶみ》を供の者に持たせた男の人などが、誦経のお布施をちょっと置いて、堂童子《どうどうじ》などを呼ぶ声は、こだまが響き合って、華やかに聞こえてくるものです。鐘の音がひときわ高く聞こえ、どなたのための誦経かしらと思っていると、やんごとない所のお方の名を僧が述べて、

「お産がご無事でありますように」

などと、いかにも効験《こうけん》あらたかといった風に祈願していると、何となく「どうなのかしら」と心配になって、こちらまで祈りたくなるものです。

こういったことは、普段の様子なのであって、正月などはひたすら騒がしいのです。何かをお願いする人などがぎっしりとお詣《まい》りに押しかけるのを見ていると、自分のお勤めは上の空になってしまうのでした。

日暮れ時から参詣する人というのは、お籠りをするのでしょう。小坊主さん達が、持ち歩けそうもないのに大きな屛風《びょうぶ》を上手に運び、畳などが置かれたと思うと次々と局に仕切って、犬防ぎに簾《すだれ》をさらさらとかけたりする様子は実に手慣れたもので、簡単そうにやってのけるのです。衣《きぬ》ずれの音もそよそよと、局から大勢下りてくると、そのまま帰る人もいるらしく、年配者らしい人が、品のよい声で辺りにはばかる様子で、

「これこれが心配です。火の用心をするように」

などと言ったりしているようです。

七つ八つばかりの男の子が、可愛らしくも威張ったような声で、従者の男達を呼びつけて何か言っているのも、とても面白いもの。また、三つほどの子供が、寝ぼけてちょっと咳《せ》き込んでいるのも、本当に可愛いものです。乳母《めのと》の名や、「お母さん」などとふと口をついて出るのも、母は誰なのかしらと知りたくなるのでした。

一晩中、僧が勤行して夜が明け、一睡もせずにいたのですが、後夜《ごや》のお勤めが終わって少しうとうとしている時、清水寺のご本尊の御経を、ひどく荒々しく厳かに読み出す声が寝耳に入りました。「特別に尊い僧ではなく、修行者めいた法師が、蓑《みの》だけ敷いて読んでいるのね」と、ふと目が覚めてしみじみと聞いていたのです。

また、夜にはお籠りをせずに、ひとかどの身分の人が綿が入った青鈍《あおにび》色の指貫《さしぬき》に白い着物をたくさん着込んで、息子と思われるちょっと感じのいい若い男や正装した少年などとともに、侍《さぶらい》といった者達をたくさんはべらせて、祈念しているのも素敵なものです。ほんの屏風ばかりを立てて、少しぬかずいたりするようです。顔を知らない人であれば「誰かしら」と知りたくなるし、知っていれば「あの人ね」と見るのも、楽しいのです。

若い男達は、ともすれば女達の局のあたりをうろついて、ご本尊の方には見向きもせずに、寺務の者などを呼び出して、ひそひそと話などして出ていってしまうのですが……、低い身分の者とも思えないのでした。

二月の末や三月の初めの桜の盛りに籠るのも、素敵です。涼しげな若い男達で、主人とおぼしき二、三人は、桜襲《さくらがさね》の狩衣や柳襲の衣などがとても洒落《しやれ》ていて、遠出ということでくくりあげている指貫の裾も、上品に見えるもの。あかぬけた主人にふさわしい従者に、きれいに仕立てたお弁当袋を持たせ、小舎人童《こどねりわらわ》たちには紅梅や萌黄《もえぎ》の狩衣《ぎぬ》に色とりどりの衣、乱れ模様を摺《す》り出した袴を着せています。華やかに装わせ、侍風でほっそりした従者を引き連れて、金鼓《こんぐ》を打つのが面白いのです。

きっとあの人だわ、と思う人もいるのですが、局の中の私に、どうしてあちらが気づきましょう。通り過ぎて行ってしまうのも物足りないので、

「ここにいるって知らせたいわね」

などと言うのも、楽しいものです。

こんなわけなので、お寺に籠ったり、どこであっても普段とは違う場所では、召使いだけを連れているのでは、行く甲斐《かい》がありません。やはり同じような立場で、同じ心持ちで、楽しいことも気に入らないことも色々と話し合うことができる人を、一人でも二人でも大勢でも、絶対に誘いたいものです。召し使う者の中には気の利いた者もいるのだけれど、目新しさが無いのでしょう。

男性もきっとそう思うに違いないのであって、彼らもわざわざ、道連れを探し歩く

わけですね。

一一二

ものすごく気に入らないもの。

賀茂《かも》祭や斎院の禊《みそぎ》など、何であっても男が見物に行く時に、一人だけで車に乗って眺めるなどというのは、とんでもないことです。どんなつもりだというのでしょう、高い身分の人でなくても、若い従者《ずさ》などで見たそうにしている人を乗せればいいのに。一人で一心に見物する影が御簾《みす》ごしに揺れているなんて、どれだけ器の小さいつまらない男なのかしらと思います。

どこかへ行ったり、お寺にお詣《まい》りする日の雨も、気に入らないもの。

また使用人などが、

「ご主人様は私のことはお好きではないのだ。誰々こそ、今一番のお気に入り」

なんて言っているのが耳に入ってくるのも、不愉快。

他の人より少しはましだと思っていた人が、当て推量をしたり、根拠の無い恨みを抱いたり、自分だけ善人顔をしているのも、また。

一二二

みすぼらしく見えるもの。
六、七月の暑い盛りの時刻に、汚らしい車を貧相な牛に引かせて、ごとごと行く者。雨が降っていないのに、莚《むしろ》で覆いをしている車。とても寒い日や猛暑の時などに、子供をおんぶしている身なりの悪い下衆《げす》女。すすけて汚れた小さな板葺《いたぶ》きの家が、雨に濡《ぬ》れている様。また、大雨の時に、小さい馬に乗って先払いしている人。冠もひしゃげ、袍《ほう》や下襲《したがさね》も、べったりとはりついているのは、どれほど気持ち悪いかしらと見えるのです。夏はまだ、よいのだけれど。

一二三

暑そうなもの。
随身《ずいじん》の長《おさ》の狩衣《かりぎぬ》。

色々の布をはぎ合わせた袈裟《けさ》。儀式の時、出居《いでい》*でかしこまる少将。色黒で、でっぷり太って、髪が多い人。厚ぼったい布の、琴《きん》の袋。七月に加持祈禱《かじきとう》を行う阿闍梨《あじゃり》。正午の勤行などを行うのは、どれほど暑いかと思われます。また同じ季節の、銅を打つ鍛冶。

一二四

気おくれするもの。

風流な男の人の、心の内。

何かと目を覚ます、夜居《よい》の僧**。

こそ泥がどこかの物陰に潜んで見ていたとしても、誰が気づきましょう。邸《やしき》の中には、闇にまぎれてそっと何かをふところに入れてしまう人もいることと思いますが、

＊ 朝廷で、相撲などの儀式の時、庭に設けられる席。
＊＊ 貴人の邸で、夜通しの加持祈禱のために詰めている僧。

〝自分と同じ性根〟ということで、こそ泥も面白いと思っているのかもしれません。

夜居の僧というのは、たいそう気おくれする存在です。若い女房達が集まって、人の噂話《うわさ》をして笑ったり、悪《あ》し様に言い募ったりしているのを、何もかもじっと聞いているかと思うと、とても恥ずかしいのです。

「まあひどい、やかましいこと」

などと、年配の女房達が本気で注意するのにも耳を貸さず、さんざんしゃべったあげく、皆がだらしなく寝てしまうのも、どう思われているのかしらと、きまりが悪いのでした。

男の人というのは、女について「いやだねぇ、こういう女って。ああいらいらする。気に食わない」と思っていても、面と向かったらおだてあげ、思ってもいないことを言って頼みにさせるのだと思うと、きまりが悪いものです。ましてや、情が深くて感じがよいと世に知られている男の人は、軽く扱われているとはゆめ思わせないように、女性と接するようです。内心で思っているだけでなく、この女の悪口はあの女に、あの女の悪口はこの女にと、実はすっかり話しているらしいのに、自分のことをどう言われているかも知らず、「こう言うからには、やっぱり私が他の女とは違って特別なのね」と思うだろう……と思われるのも、恥ずかしいものです。

もうそんなわけですから、少しでもこちらを思ってくれる人に会っても、「あてにはできまい」と見えることもあって、気を揉《も》むことも無いのでした。

また、ひどく落ち込み、かわいそうで放っておけないような女性のことを、まるで何とも思わないという男の人にも、「どういう神経なのかしら」と、あきれ果てるものです。そんな男なのに他人がすることは非難して、ぺらぺらとまくしたてる様といったら。特に頼りにできる人もいない宮仕えの女房などを口説《くど》いて身重にさせてしまったのを、知らぬ顔で通してしまう人だっているのですから……。

一二五

格好がつかないもの。

干上がった浅瀬にある大きな船。

風に吹き倒され、根を上にして転がってしまった大木。

大したこともない男が、従者《ずさ》を叱りつけている様。

僧の足もと。

髪の短い人が、何かをとり下ろして髪をとかしている後ろ姿。

頭に何もかぶっていないおじいさん。

相撲に負けて座っている人の、後ろ姿。

人妻が、むやみにやきもちを焼いて家出をし、「きっと大騒ぎで探しまわるわね」と思っていたら、そんな気配はなく夫は平然としているので、そうも家を空けてはいられずに、自分からのこのこ出ていくの。

何となく魅力が薄れてきた恋人と、ささいなことで言い争って、一緒に寝るものかと身を離したのを相手が引き寄せるのに無理に強情を張ると、度が過ぎたのか相手も「勝手にしろ」となって、夜具をひきかぶって寝てしまうのです。しかし、冬など単衣《ひとえ》しか着ていないと、意地を張っていた時は平気だったのに、だんだん夜も更ければ寒さが募ります。ほとんどの人は寝ているので、さすがに起きていくこともできず、あの時に引き寄せられておけばよかったと、相手と目も合わずに横になっていると、奥の方から何やら音がするのもひどく恐ろしくて、おもむろに相手によろよろ近寄って衣をかぶる……などというのは、実に格好がつかないものです。相手は強気に構えているのでしょう、寝たふりで知らん顔をしているのでした。

一二六

加持祈禱《かじきとう》は、奈良の方式が。仏の真言などを読むのは、優雅で尊いものです。

一二七

ばつが悪いもの。

他の人を呼んでいるのに、自分だと思って出て行ってしまう時。相手が何かを取らせようとしている時は、特に。

たまたま人の噂《うわさ》話や悪口を言っているのを、小さな子供が聞いていて、その人がいる時に言ってしまう時。

悲しい話題になって人が泣いたりしている時、「本当に、なんてかわいそう……」と聞いているのに涙がなかなか出てこないのは、とてもばつが悪いものです。泣き顔をつくって表情を曇らせてみても、全く効果はありません。素晴らしいことを見聞きした時は、すぐに涙がぽろぽろと落ちてくるというのに。

一二八

石清水八幡《いわしみずはちまん》への行幸《ぎょうこう》から、帝《みかど》がお帰りになる時のこと。御生母である女院《にょういん》の桟敷《さじき》のむこうに御輿《みこし》を停めて、帝がご挨拶を申し上げられたのがまたとなく素晴らしく、実に涙がこぼれるほどでした。お化粧していた顔の地がすっかりあらわになってしまって、どんなに見苦しかったことでしょう。

帝からの宣旨《せんじ》の御使いとして、宰相《さいしょう》の中将である斉信《ただのぶ》様が女院の桟敷へと参上された様も、たいそう素敵でした。見事に装った随身《ずいじん》四人と、ほっそりして白く化粧をした馬副《うまぞい》だけを連れて、広く美しい二条の大路に、立派な馬を少し急がせて参上し、やや遠くで馬から下りて脇の御簾《みす》の前に控えていたのが、見事です。女院からの御返事を承って、帝の御輿のところで奏上された時などは、言葉にもならないほどの光景でした。

そうして帝がお通りになるのをご覧になる女院のお気持ちを拝察すると、飛び立ちそうなほどに感じ入ってしまう私。そんなことについては、いつまでも泣き止《や》まずに笑われてしまうのです。並の身分の人であっても、やはり自分の子供が立派になるというのは、とても喜ばしいことでしょうに。……と、このように拝察するのも、畏れ多いのですけれど。

一二九

関白道隆《みちたか》様が、清涼殿《せいりょうでん》の黒戸から退出されるということで、女房たちが隙間なく控えていると、

「おお、素晴らしいご婦人方が揃《そろ》っているね。この爺さんをどんなに笑いものにされていることか」

と、かき分けながらお出になったので、戸の近くにいる女房達が、色とりどりの袖口を見せて御簾《みす》を引き上げると、権大納言《ごんだいなごん》の伊周《これちか》様が御沓《おんくつ》を取って、父君にお履かせになりました。堂々としておきれいで豪奢《ごうしゃ》、下襲《したがさね》の裾《しり》を長く引いて、周囲を圧するようにに伊周様が控える様子を、「なんて素晴らしいの。大納言ほどのお方に、沓をお取らせになるなんて」と、拝見していました。

山の井の大納言・道頼《みちより》様や、それ以下でお身内ではない方々が、黒いものをひき散らしたかのように藤壺《ふじつぼ》の塀から登花殿《とうかでん》まで座って並んでいるところに、道隆様はすっきりと優美な様子で、刀の具合など直されながら足を止めていらっしゃいました。すると中宮大夫《だいふ》の道長《みちなが》*様が戸の前に立たれていたので、「道長様は、ひざまずかれるお

つもりはないのでしょうね」と思っていると、道隆様が少し歩き出された時にすぐひざまずかれたというのがまた、「やはり、道隆様は前世でどれほど善業《ぜんごう》を積まれたのかしら」と思われ、感慨深かったことでした。

　別の日、中納言の君が、忌日ということでいつもより殊に熱心に勤行されていたところに、

「そのお数珠《じゅず》をしばらく貸していただけますか？　私もお勤めをして、素晴らしい身になりたいものです」

と言うと、皆が集まって笑うのだけれど、やはり実に素晴らしいことなのです。

　中宮様がこれをお聞きになって、

「あの世で仏《ほとけ》になる方が、この世で出世するよりよいでしょう？」

と微笑《ほほえ》まれるのが私にはまた素晴らしく思えて、お姿を拝見していました。道長様がひざまずかれたことを中宮様に何度も申し上げると、

「いつもの、ひいきの人*ね」

と、お笑いになります。まして、道長様のこの後の栄華の様を中宮様がご覧になったとしたら、ひいきも道理とお思いになったことでしょう。

一三〇

九月の頃、一晩中降り続いた雨が朝になって止《や》み、朝日が鮮やかにきらめいて差しこんできた時、庭の草木がこぼれるほどに露を湛《たた》えているのが、とても素敵。透垣《すいがい》の模様や軒の上に張り巡らせてあった蜘蛛《くも》の巣が切れ残ったところに雨がかかり、白い玉を貫いているかのようになっているのが、本当に繊細で美しいのです。

少し日が高くなれば、雨に濡《ぬ》れてたっぷり重くなった萩《はぎ》などの枝が、露が落ちるとともに動いて、人が触れてもいないのにふと上にはね上がるのも、とても面白い。

……なんていう私のこのような言葉が、他人にとっては露ほども面白くないのでしょうね、と思うのがまた面白くって。

一三一

正月七日のための若菜を、六日に人が持ってきて、騒いでとり散らかしたりしてい

＊ P235　道隆の弟。道隆の死後、伊周を追い落とし権力を握る。

＊ 清少納言は、道長のファンでもあった模様。

る時の事。見たこともない草を子供が持ってきて、

「これは何というの？」

と尋ねるのですが、すぐには答えず、「さあ？」などと顔を見合わせていると、

「耳無草《みみなぐさ》と言うのよ」

と答える者がいたので、

「なるほど、聞こえていない顔よね」

と、笑っていました。するとまた、生《は》え出たばかりのとても可愛らしい菊を持ってきたので、

つめどなほ耳無草こそあはれなれあまたしあればきくもありけり
（つねっても「耳無し」さんは可哀想　大勢いれば「聞く（菊）」子もあろうに）

と言いたかったのだけれど、これもまた子供のこと、聞く耳を持つはずがないのでした。

一三二

二月、太政官《だじょうかん》の役所で定考《こうじょう》ということをするそうなのだけれど、どんなことをする

のかしら。孔子《こうし》の画《え》などを掛けて、行うのでしょうね。帝《みかど》にも中宮様にも、聡明《そうめ》といって、変な形のお供物などを、土器《かわらけ》に盛って差し上げるのです。

一三三

頭《とう》の弁《べん》の行成《ゆきなり》様＊のところから、絵などのようなものを白い色紙に包み、たくさん花が咲いている梅の枝につけて、主殿司《とのもりづかさ》が持ってきました。絵なのかしらと急いで見ると、餅餤《へいだん》という食べ物が、二つ並べて包んであったのです。添えられた立文《たてぶみ》には、公《く》文書《もんじょ》の書き方で、

「進上　餅餤一包
例に依《より》て進上　如件《くだんのごとし》
別当少納言殿」

とあってから月日が書かれて「みまなのなりゆき」と名が続き、その後に、「このしもべは自分で参上しようとするのですが、昼間は見た目が悪いからと、行か

＊「行成」九段（犬の翁丸を飾りたてる）、四九段（遠江の約束を交わす）に既出。

ないようなのです」

と、すばらしく流麗に書いてありました。中宮様の所に参上してご覧に入れると、

「見事に書いたものですね。面白い趣向だこと」

などとお褒めになって、文をお手元*に留め置かれたのです。

「返事はどうしたらよいのでしょう。こんな風に餅餤を持って来る者には、何かあげるのかしら。知っている人がいればいいのだけれど」

と言っていると中宮様が、

「惟仲《これなか》の声がしましたよ。呼んで聞いてみなさい」

とおっしゃったので、端まで出て、

「左大弁《さだいべん》にお話があるのですが」

と侍《さぶらい》に呼ばせると、たいそうきちんとしてやってきました。

「あら違うのよ、私事《わたくしごと》だったのに。もし、弁官《べんかん》とか少納言のところに、こんな物を持ってきたら、しもべに褒美か何か取らせるものかしら」

と言うと、

「特にはございませんよ。ただ、受け取って食べてしまえばいいんです。どういうわけでお尋ねになるんです？　もしや、太政官の誰かから貰《もら》ったとか？」

と尋ねるので、

「まさか」

と答えたのです。

行成様への返事を、真っ赤な薄様《うすよう》に、

「〝餅餤〟を自分で持ってこないしもべは、〝冷淡〟と思われることよ」

と書いて、素敵な紅梅の枝につけて差し上げると、すぐにご自身でいらして、

「しもべが参りました。しもべが参りましたよ」

とおっしゃったので端まで出ると、

「ああいう贈り物には、適当に歌でも詠んでくるかと思ったけれど、見事に返しましたね。少しばかり『我こそは』という気がある女の人というのは、すぐ歌を詠みたがるけれど、そうではない人の方が、ずっと付き合いやすいものです。私などに歌を詠んでくるような人は、かえって無神経というものですからね」

などとおっしゃるのです。

それではまるで則光《のりみつ》＊＊やなりやすですよ……と笑って終わりになったこのことを、帝《みかど》の御前に人がたくさんいる時に行成様がお話しになったところ、帝が「清少納言は上手く言ったものだね」とおっしゃっていた、とまた誰かが語っていた……というのは、

＊　能筆家の行成の手跡ゆえ。
＊＊　清少納言の前夫・橘則光が歌嫌いだったことは、八四段参照。「なりやす」は伝未詳。

みっともない自慢話ですね。

一三四

「どうして、初めて官位についた六位の笏《しゃく》に、職《しき》の御曹司《みぞうし》の東南の角の築土《ついじ》の板を使うのかしら。それなら、西や東の板も使えばいいのに」

などと言い出す女房がいたので、役にも立たないようなくさぐさについてのおしゃべりが始まりました。

「着物なんかに、いい加減な名前をつけたみたいなのは、本当におかしいわ。着物の中でも、『細長』はそうとも言えるわね。でも何なの、『汗衫《かざみ》』って。『尻長《しりなが》』って言えばいいのよ。男の子が着ているみたいに」

「『唐衣《からぎぬ》』はどうなの。『短衣《みじかぎぬ》』って言えばいいのに」

「でも、それは唐の人が着るものだから……」

「『表衣《うえのきぬ》』と『表袴《うえのはかま》』は、そのままで良さそうね。『下襲《したがさね》』もいいわ」

「『大口袴《ばかま》』もね。長さよりも口が広いのだから、その名前でいいでしょう」

「『袴』って、すっごくつまらない」

「『指貫《さしぬき》』というのは、どうして？　絶対『足の衣《きぬ》』って言うべきよ。でなければ、あの手のものは『袋』って言えばいいわ」

等々、あれこれさんざしゃべり散らしているので、

「まったく、なんてやかましいの。もうおしゃべりはおしまい。おやすみなさいな」

と私が言うと、夜居《よい》の僧が、

「それは駄目でしょう。一晩中でもお話しされるがいい」

と、いらいらした口調で応えたのが、可笑《おか》しかっただけでなくて、驚かされたことでした。

一三五

亡き道隆《みちたか》*様の御《おん》ために、中宮様は毎月十日にお経や仏像などを御供養なさっていましたが、九月十日の御供養は、職《しき》の御曹司《みぞうし》にて行われました。上達部《かんだちめ》、殿上人《てんじょうびと》がたいそうたくさんいらしています。講師《こうじ》の清範《せいはん》**の説く言葉がまたとても悲しく聞こえて、

＊　道隆が他界した年の話。長徳元年（九九五）四月十日没。

＊＊　P72注参照。この時は清範、三十四歳。

特に物を深く考えていなさそうな若い女房達までも皆、涙を拭いていたのです。

法要が終わって、酒を飲み、詩を誦《ず》したりしていると、頭《とう》の中将の斉信《ただのぶ》様が、

「月秋と*期《き》して身いづくか」

とつぶやかれたのが、とても素晴らしかったものです。どうしてこれほど、場に合った詩を思い出されたのでしょう。

中宮様の所に人をかきわけて参上すると、出ていらして、

「素晴らしかったわ。本当に、今日のために作ってあった詩のようね」

とおっしゃったので、

「そう申し上げようと思いまして、見物も途中で止《や》めて参りました。私もやはり、とても素晴らしく感じられて……」

と申し上げると、

「あなたはなおのこと、そう思うでしょう」

と、おっしゃったのです。

斉信様は、中宮様の所に来た時はわざわざ私を呼び出しもし、会うたびに、

「どうして私と本当に親しく付き合ってくださらないのですか？　それでも、嫌われているわけではないとはわかっていますが、どうにも心もとない気分ですよ。こんなにも長年の付き合いなのに、〝他人〟のままで終わるというのはないでしょう。これ

から私が殿上の間などに始終はいないようになったら、何をよすがにあなたを思い出せばいいのか……」

とおっしゃるので、

「言うまでもないことです。親しい間柄になるのは難しいことではありませんけれど、そうなった後では、斉信様を堂々とお褒めできなくなってしまうのが、残念で。帝《みかど》の御前《おまえ》でも、私の役と任じてお褒め申し上げておりますのに、どうしてこれ以上の関係になれましょう。ただ、お気持ちだけ持っていて下されば……。そうでないと、きまりが悪いですし良心もとがめて、お褒めできなくなってしまいます」

と、私。

「なぜそんなことを。深い仲の人の事こそ、世間の評判以上に褒める人だっているものですよ」

と斉信様がおっしゃったので、

「それが平気でできるようでしたらねぇ。男であろうと女であろうと、身近な人を大

＊「月秋と……」菅原文時が謙徳公を偲んで作った詩の一節。「月は秋になれば光るけれど、共に月を見た方は今どこに」の意。

＊＊今は蔵人頭として殿上に詰めていることが多いが、昇進すれば殿上へ上る機会は減ってしまう。

切にし、贔屓《ひいき》をし、褒めちぎっていると、他人が少しでもその人のことを悪く言った時に腹がたったりするのが、やりきれないのです」

と言うと、

「頼り甲斐《がい》がないなぁ」

とおっしゃったりして……、ああ面白かった。

一三六

頭《とう》の弁《べん》の行成《ゆきなり》様が、職《しき》の御曹司《みぞうし》にいらっしゃった時のこと。おしゃべりなどされているうちにすっかり夜も更けて、

「明日は宮中の物忌《ものいみ》で籠らなくてはならないから、丑《うし》の時になってしまうとまずいな」

と、行成様は内裏《だいり》へ向かったのです。

翌朝早く行成様から届いたのは、蔵人所《くろうどどころ》にある紙屋紙《こうやがみ》を重ね、

「今日は何とも心残りな気持ちがすることですよ。夜通し、昔話をしていようと思っていたのを、鶏の声にせき立てられて」

と言葉を尽くして書かれた、とても素晴らしい文《ふみ》。お返事に、

「とっぷりと夜が更けてから鳴いたという鶏の声は、孟嘗君《もうしょうくん》*のそれでしょうか」

と申し上げたところ折り返し、

「『孟嘗君の鶏は函谷関《かんこくかん》を開かせ、三千人の食客《しょっかく》がかろうじて逃げた』と史記にはありますが、これはあなたと私の『逢坂《おうさか》の関《せき》』のことですよ」

とあったので、

「夜をこめて鳥のそら音《ね》ははかるとも世に逢坂《あふさか》の関はゆるさじ
（夜通しの嘘《うそ》鳴きで開く函谷関　けれど私の〝関〟は堅くて）

……しっかりした関守がおりますからね」

と申し上げました。またお返事で、
逢坂は人越えやすき関なれば鳥鳴かぬにもあけて待つとか
（にわとりを鳴かせなくとも開けて待つ逢坂越えは訳も無いとか）

とあったのです。それらの文を、最初のものは中宮様の弟君の隆円僧都《りゅうえんそうず》が、拝礼までして押し頂いていかれました。あとのものは、中宮様がお取りになったのです。そして最後の「逢坂は……」の歌には気圧《けお》されて、返歌も詠めなかった私。何とも情け

＊中国戦国時代の斉の公族。敵から逃げて函谷関に着いた時、閉まっていた門が鶏鳴で開くことを知り、鳴き真似で開けさせたという故事が史記にある。

ないことです。

行成様は、

「ところで、あなたの文は殿上人《てんじょうびと》達が皆、見てしまったよ」

とおっしゃるので、

「本当に私のことを思っていて下さるということが、それでわかったというものです。うまくできた歌などが、人から人へと伝わらないのは、つまらないですからね。こちらは、あなたのみっともない話が広まるとやりきれないので、御文はひた隠しにして、人にはちらりとも見せていませんよ。あなたのご厚意と比べても、同じくらいでしょう?」

と申し上げれば、

「そういう風に物事をわかっている感じが、やっぱり他の人とは違うと思わされるな。『何も考えずに馬鹿なことをして』なんて、その辺の女のように言われるのではないかと、びくびくしていましたよ」

などと言って、お笑いになります。

「どうしてそんなことを。お礼を申し上げたいくらいですのに」

と私も申し上げると、

「私からの文を隠したというのもまた、やはりしみじみ嬉《うれ》しいものです。もし人に見られたら、どんなに情けなくつらいことか。これからも、そのお心を頼みにすることにいたしましょう」

などと行成様がおっしゃったのでした。その後、中将の経房《つねふさ》様がいらして、

「行成様があなたをたいそう褒めておられるって、知っていますか。この間の文にあった歌のことなど、お話しになられていますよ。好きな人が他人から褒められているのは、とても嬉しいことだなぁ」

などと真面目におっしゃるのも、面白いこと。

「嬉しいことが二つになりました。あのお方が褒めて下さっているのに加えて、あなたの〝好きな人〟の仲間入りできたのですから」

と言うと、

「そんなことを、珍しく今初めて聞いたかのようにお喜びになるのですねぇ」

などと、おっしゃったのでした。

一三七

五月の頃、月も見えずたいそう暗い晩に、

「どなたかいらっしゃいますか」

と男達の声で口々に言うのをお聞きになった中宮様が、

「出てみてくださいな。いつになく言い立てるのは、誰なのかしら」

とおっしゃったので、

「どなたなのですか、ずいぶん大げさに声を張り上げているのは？」

と言った私。すると、無言で御簾《みす》を持ち上げてさらさらと差し込まれたのは、呉竹《くれたけ》です。そこで
「おや、〝この君〟でしたか」

と私が言うと、

「さあさあ、このことをまず、殿上《てんじよう》に行って話そうじゃないか」

と、式部卿《しきぶのきよう》の宮のご子息である源頼定《よりさだ》様、六位達など、そこにいた男性達が去っていったのです。

行成《ゆきなり》様はお残りになり、

「妙なことに、みんな行ってしまったね。御前の竹を折って歌を詠もうとしていて、『どうせなら職《しき》の御曹司《みぞうし》にうかがって、女房達も呼び出そう』と竹を持って来たのだけれど、竹の別名『この君』をのっけからあなたに言われてしまって、気の毒なことに退散したのだよ。あなたは一体誰に教わって、人が普通は知っていそうもないこと

を言うのかね？」

などとおっしゃるので、

「竹の名だなどとは、知りませんのに。失礼な、と皆さん思われたのでしょうか」

と言うと、

「確かに、あなたは知らないのでしょうよ」

とおっしゃったのです。

公務についてのお話もしているうちに、

「植えてこの君と称す」

と、竹を「この君」と呼んだ王徽之《おうきし》について記した藤原篤茂《あつしげ》の漢詩の一節を唱えながら、さきほどの一団がまた集まってきたので、

「殿上で決めた目的も果たさずに、どうしてお帰りになったのかと不思議に思っていたよ」

と行成様がおっしゃると、

「あんな言葉には、どう返せばいいというのでしょう。下手な返事は、かえって恥ずかしいというもの。殿上でも大騒ぎでしたよ。帝《みかど》もお聞きになって、面白がっておいでした」

と、頼定様も話します。行成様も一緒に、その一節を繰り返し唱えるのがとても素

敵で、女房達も皆、それぞれに夜通し殿方達とおしゃべりをしたのです。帰る時もやはり同じ一節を皆で声を合わせて唱えて、その声は彼等が左衛門《さえもん》の陣に入るまで聞こえてきたのでした。

翌朝、とても早くのこと。少納言の命婦《みようぶ》という人が、帝のお手紙を中宮様にお持ちした時に昨夜のことをお伝えしたらしく、中宮様は局《つぼね》に下がっていた私をお召しになって、

「あなたの言葉が評判になったのですって？」

とお尋ねになったのですが、

「存じません。『この君』が何のことかも知らなかったのを、行成様がいいようにおっしゃったのでしょうか」

と申し上げると、

「いいように、って言ってもねぇ」

と、くすりと笑われたのです。

それが誰についてであっても、「殿上人が褒めていた」などとお聞きになると、中宮様は褒められた女房のことをお喜びになるのが、素晴らしいのでした。

一三八

帝《みかど》の御父君でいらっしゃる円融院《えんゆういん》の服喪が明けた年、皆が喪服を脱いだりしつつ、宮中をはじめ院に仕える人も、「花の衣に」*などと言っていた頃のことなどを、しみじみと思い出していました。そんな折の雨が降りしきるある日、一条天皇の御乳母《おんめのと》の藤三位《とうさんみ》の局《つぼね》に、雨具で蓑虫《みのむし》のように見える大柄な童子《どうじ》がやってきて、白い木に立文《たてぶみ》をつけたものを持って、

「こちらを奉ります」

と言ったので、取り次いだ女房が、

「どちらからですか。今日と明日は物忌《ものいみ》なので、蔀《しとみ》も上げないのですよ」

と、下は閉じてある蔀から受け取りました。藤三位は、これこれとはお聞きになったけれど、

「物忌なので、見ませんよ」

と、何かの上にちょっと置いておいたのを、早朝になって手を洗い清めてから、

「さて、あの昨日の巻数《かんず》**を」

*「みな人は花の衣になりぬなり苔の衣よかわきだにせよ」（古今集、十六哀傷）仁明天皇の服喪が明けた時、僧正遍昭が詠んだ。

と持ってきてもらい、伏し拝んで開けてみると、胡桃《くるみ》色の厚ぼったい色紙が。「変ね」とさらに開いていくと、法師風の癖の強い筆跡で、

これをだにかたみと思ふに都には葉がへやしつる椎柴《しひしば》の袖《そで》

（都ではさっさと若葉にかわっても　脱ぎかねている椎柴の袖）

と書いてありました。

「まあ呆れた、しゃくにさわるやり方だこと。だれの仕業なのかしら。ひょっとして仁和寺《にんなじ》の僧正《そうじょう》……」と藤三位は思ったのですが、「まさかこんなことはなさらないでしょう。きっと円融院の別当だった藤大納言《とうだいなごん》がなさったのね。このことを、帝や中宮様に早くお知らせしなくては」と思い直し、とても気は急《せ》くけれど、「やはり、ひどく恐ろしいものといわれる物忌を済ませてしまおう」と我慢して過ごし、翌早朝に返歌を詠んで藤大納言のところに届けさせたところ、すぐにまたお返事が届いたのです。

藤三位は、二通の文を持って急いで参上し、

「こんなことが、ございましたよ」

と、帝もご一緒にいらっしゃる中宮様の御前《おまえ》でご報告します。中宮様は、特に関心もなさそうにご覧になって、

「藤大納言の字とは違うようですね。僧侶が書いたのでしょう。昔の鬼の仕業みたいですね」

などと、いたく真面目な顔でおっしゃるので、

「ではこれは誰のしたことなのでしょう。こんな物好きな上達部《かんだちめ》や僧侶なんて、誰がいます？　この人かしら、それともあの人……」

などと、不審そうに真相を探ってぶつぶつ言っていると、帝が、

「このあたりで見かけた色紙と、まあよく似ているなあ」

とにやりとされ、御厨子《みずし》のところにあったものを一枚取って、お渡しになったではありませんか。

それと気づいた藤三位は、

「まあ、何て情けないことでしょう。訳をおっしゃって下さいませ。ああ、頭が痛い。何としても、今すぐうかがわなくっては」

と、ひたすら責めたて恨み言を申し上げ、しまいには笑い出したので、帝はやっと本当のことをおっしゃいました。

「使いに行った大きな童子は、台盤所《だいばんどころ》の刀自《とじ》という者のところにいたのを、小兵衛《こひょうえ》が声をかけて使いにしたのだろう」

などとおっしゃると、中宮様もお笑いになるのを藤三位がゆさぶって、

＊＊P253　依頼を受けた僧がお経や陀羅尼《だらに》を読んだ時、読んだ巻の数を依頼主に書き送る文書。

「どうしてこんな風におだましになったのです。もう、巻数だと信じきって、手を清めて伏し拝んだのですよ」

と、笑いながらもくやしがっているご様子も、とても得意げで可愛げもあって、素敵でした。

その後、清涼殿《せいりようでん》の台盤所でも大笑いとなった後、藤三位は局に下りて、あの童子を探し出し、文を受け取った女房に見せると、

「この子で間違いありません」

ということです。

「誰の文を、誰があなたに渡したの？」

と尋ねても、うんともすんとも言わないで、ぼんやり顔でにやにや笑って、走っていってしまいました。

藤大納言はこの話を聞いて、愉快にお笑いになったということです。

一三九

たいくつなもの。

他所《よそ》でする物忌《ものいみ》。

駒が進まない双六《すごろく》。

除目《じもく》の時に官位を得られなかった人の家。雨降りだったりするとなおさら、ひどく所在ないものです。

一四〇

たいくつがまぎれるもの。

碁《ご》。双六《すごろく》。物語。

三つ四つの子供が、何か面白いことを言う姿。また、ごく小さい幼児が意味のわからないことを言ったり、「たがへ」などということをしている様子。

果物。

冗談がうまくておしゃべりな男の人などが来たら、物忌《ものいみ》であっても家に入れてしまいたい……。

一四一

とりえの無いもの。

容姿が悪い上に、性格も悪い人。

腐った洗濯糊《のり》。

……などとひどいことを書いたけれど、皆が嫌がる物だからといって、今更書かないわけにもいきますまい。

また、「後火《あとび》の火箸」*という諺《ことわざ》も、世間に無いことではないけれど、この草子《そうし》を人が見るものとは思っていなかったので、眉をひそめられそうなことでも変なことでも、思っていることをそのまま書こうと思ったのです。

一四二

素晴らしいことと言ったら、やはり何といっても臨時《りんじ》の祭。** 事前に帝《みかど》の御前《おまえ》で演奏する試楽《しがく》も、とても心弾むものです。

春に行われる石清水八幡《いわしみずはちまん》の臨時の祭の試楽では、のどかでうららかな空模様のもと、清涼殿《せいりょうでん》の御前に掃部司《かもんづかさ》が畳を敷いて、勅使は北を向き、舞人《まいびと》は御前の方に向いて座り、これらは記憶違いもあるかもしれませんが、蔵人所《くろうどどころ》の衆達が、お膳を持ってそれぞれの前に並べていきます。舞人につきそう陪従《べいじゅう》も、その時の庭にだけは、御前への出入りが許されるのです。

公卿《くぎょう》や殿上人《てんじょうびと》はかわるがわる盃《さかずき》を取り、しまいには屋久貝《やくがい》というもので酒を飲んで、席を立ちます。すると途端に、残り物を狙う〝取り食《ば》み〟という者がやってくるのですが、男であってもひどく不格好なのに、御前の庭では女まで出てきて、おこぼれを取っていったのでした。人がいようとは思ってもいなかった火焼屋《ひたきや》から急に人々が出てきて、「ごっそりいただこう」と騒ぐ者はかえってこぼしたりして、その隙に無造作にさっと持っていく者に負けてしまうのです。おこぼれの都合のよい収納場所として火焼屋を使って運び入れるのが、たいそう面白いものなのでした。

掃部司たちが畳を撤去するのを待ち構えて、主殿司《とのもりづかさ》達が、手に手に箒《ほうき》を持って、砂をならしていきます。

承香殿《じょうきょうでん》の前で、陪従達が笛を吹いたり拍子を打ったりして演奏するのを聞きつつ「早く出てこないかしら」と待っているうちに、東遊《あずまあそび》の「有度浜《うどはま》」が始まって、呉竹《くれたけ》

＊　葬送後や魂祭に焚く送り火を「後火」と言うとされる。「役に立たないもの」の意とも。
＊＊　石清水と賀茂の両神社で行われたのが名高い。

の台を囲む竹垣のところに出てきて琴を弾きます。その時は、もう「どうしたらいいの！」と思うくらい興奮してしまうのです。

最初の舞人が、実にきちんと袖を合わせて二人ばかり出てきて、西側に寄って向かい合わせに立ちます。次々と舞人が出てくると、拍子に合わせて足踏みをしながら半臂《はんぴ》の紐《ひも》を直し、冠《こうぶり》、袍《ほう》の襟など手も休めず整えてから、

「あやもなきこま山」

などと歌い舞う様は、何もかもとても素晴らしいのでした。

大輪《おおわ》などを舞うのは、一日中見ていても飽きないでしょうに、終わってしまうのはとても残念。とはいえまだ舞があると思うと楽しみで、次の求子《もとめご》の舞になると琴を弾き返し、舞人達がすぐに呉竹の台の後ろから踊り出てくる様子は、見事と言うしかありません。掻練襲《かいねりがさね》の艶、下襲《したがさね》などが入り乱れ、あちらへこちらへと行き交ったりするのは、もう改めて褒めるのも愚かというものでしょう。

ここまでくると次の舞は無いせいか、終わってしまうのが本当に残念なのです。上達部《かんだちめ》なども皆、続いて出ていかれるので、寂しくつまらないのでした。

対して賀茂《かも》の臨時の祭では、社頭での儀式が終わった後に御前に戻って行われる還立《かえりだち》の御神楽《みかぐら》によって、慰められるものです。庭の篝火《かがりび》の煙が細く立ちのぼっているところに、明るく澄んだ音色で吹かれる神楽の笛の音が揺らぎつつ立ちのぼっていくと、

歌の声も心に沁《し》み入り、とても素晴らしいのです。空気も冴《さ》える凍《い》てつく寒さですが、打衣《うちぎぬ》の冷たさも扇を持つ手の冷たさも、気になりません。神楽の間に滑稽な芸を見せる〝才の男〟を召す時、声を長々と伸ばして呼ぶ舞人の長《おさ》の気持ち良さそうな様子ときたら、大変なものです。

宮仕えに出る前に里にいた頃は、行列を見るだけでは満足できないので、御社《みやしろ》まで行って見物した時もありました。大きな木の下に車を停《と》めて見ていると、松明《たいまつ》の煙がたなびいて、火影に浮かぶ半臂の紐、衣の艶も、昼間よりずっと美しく見えるのです。橋の板を踏みならし、声を合わせて舞うだけでもとても素晴らしいのに、水が流れる音や笛の音などが加われば、きっと賀茂の神様も素晴らしいと思われることでしょう。

毎年、舞人を務めていた頭《とう》の中将という人は、自分でも実に素晴らしいお役目だと深く自負していたそうなのです。しかし亡くなった後も、その霊が上賀茂社の橋の下にいるらしいという話を聞けば気味が悪くて、「物事にそれほど執着しないようにしなくては」と思うのですが、とはいえこの祭の素晴らしさは、きっぱりあきらめられるものではありません。

「石清水八幡の臨時のお祭は、終わった後がどうにも退屈よね。どうして、戻ってきてからまた舞わないのかしら。そうすれば楽しいのに。舞が終わって、舞人達がお祝儀をもらって出て行ってしまうと、がっかりするわ」

などと私達が言っているのを帝がお聞きになって、

「では、舞わせようか」

とおっしゃったのです。私達は、

「本当でございますか。そうであれば、どんなに素晴らしいでしょう」

などと申し上げました。嬉《うれ》しさのあまり中宮様にも、

「やはり舞わせるように帝におっしゃってくださいませ」

などと女房達が集まってわあわあ申し立てたので、その時は八幡から戻った後も舞が行われ、たいそう嬉しかったものです。「まさかそんなことがあるはずは」と油断していた舞人は、「帝がお召しです」と聞いて、あちこちぶつかるほどにあわてふためき、まったく正気の沙汰《ずさ》ではありませんでした。自分の局《つぼね》にいた女房達が、どたばたと清涼殿へと参上する様子ときたら……。他人の従者や殿上人が見ているのも知らずに、裳《も》を頭にひっかぶるようなあわてぶりで参上する様を、周りが笑うのも面白かったものです。

全集版あとがき

視線のズーム

「枕草子」には、随筆のあらゆる可能性が詰まっていると、私は思います。随筆の「随」には、「なりゆきに任せる」といった意味がありますが、内容もそしてスタイルも、まさに作者の心の赴くがままに記されているのが、枕草子。その千年後の世で随筆を仕事とする自分が、いかに様々なほだしに縛られているかを、私は訳しながら痛感していました。

通常、枕草子は「……は」「……もの」といった類聚《るいじゅう》的章段、随想的章段、そして日記的章段の三タイプに分類されるわけですが、その境界線は必ずしもはっきりとしたものでなく、類聚に随想が入り混じることもしばしば。また後世の者が「随想」と勝手に分類してみたとて、彼女が本当にそんなことを「想った」のかどうかなど、決してわかりません。随筆というジャンルが確立されていない時代に、何ものにも縛られることなく、彼女は自分なりのスタイルを提示しました。

たとえば五二段は、

「猫は、上のかぎり黒くて、腹いと白き」

の一行で、終わるのであり、私はこの段を、

「猫は、背だけ黒くて、お腹は真白なもの」

と訳しました。平安時代も様々な模様の猫がいたことでしょうが、清少納言《せいしょうなごん》は背が黒で腹が白の猫が好きだった。ただそれだけの文章です。

単なる個人的な見解、それも言いっ放しというこの一行に、「はぁ」としか思わない人もいるでしょう。しかしただ一行であるからこそ、「ということは鉢割れ猫？」とか「いや私は三毛の方が」とか「清少納言、猫好きだったんだ……」といった想像や感想が膨らみ、豊富な余韻を残す。それはただ一行であるけれど、確かに一つの段として成立しています。

また、八五段「もののあはれ知らせ顔なるもの」には、「眉抜く」の三文字が。類聚的章段は往々にして、今で言う「あるある」の感慨を催させるものですが、眉を抜く時の情けない表情こそ「もののあはれ知らせ顔」以外の何ものでもない、と今を生きる私も激しく同意。

「眉抜く」以外にも、千年の時を超えて我々に響く「あるある」は枚挙に暇《いとま》がないわ

けで、彼女は「あるある」の元祖でもあるのです。

眉を抜く時の情けない表情から、清少納言が仕えた中宮定子《ていし》の不幸な運命まで。清少納言の視線は、自在にズームイン、ズームアウトを繰り返しているのに、常にピントはぴったり合っているのです。

そんな彼女の視界には、自分自身の姿も入っています。一三〇段には、雨上がりの九月、しずくが落ちて萩の枝がひとりでに跳ね上がったのが「面白い」とあります。しかしそれだけでは終わらず、「私のこのような言葉が、他人にとっては露ほども面白くないのでしょうね」と思っている自分をまた「面白い」、としているのです。

ただ一人、萩からしたたる水滴を眺めて「あ、」と思う感覚は、「背が黒で腹が白の猫が好き」という感覚と同種のもの。そんな自分を外からもう一人の自分が見ることによって、単なる自分語りにはならない客観性が顕在化するのです。

客観性は、この段のみにおいて発揮されているのではありません。藤原行成《ふじわらのゆきなり》や藤原斉信《ただのぶ》等の華やかな男性達からこんな風に褒められた、といった自慢話にしても、彼女は自慢をせずにいられない自分を、一歩引いて見ています。また中宮定子の悲しみに触れて胸を痛めつつも、対立する道隆一族と道長一族の狭間に立つ自分の位置を、冷静に捉えている。全ての段から客観性は滲み出ているのであり、これによって後世の者は、随筆と客観性とが切り離せない関係にあることを学びました。

彼女の視点は、孤高なものであったと言えましょう。物事の渦中にどっぷりと入り込んで我を忘れるのでなく、渦中にはまっている己を己が眺めている。そんな清少納言は、同性からも異性からも人気がある人でありながら、いつも一人なのです。随筆が、どこまでも自由なジャンルであること。そして孤独とともにあること。枕草子を訳しつつ、私はそんなことを感じていました。熱い心を怜悧《れいり》に記した彼女の文章を、京都盆地を流れる伏流水をごくごくと飲むように読んでいただければ、訳者としてこんなに嬉しいことはありません。

最後になりましたが、ご指導をいただいた群馬大学の藤本宗利先生、河出書房新社の東條律子さんには大変お世話になりました。この場を借りて、御礼申し上げます。

参考文献

・「枕草子」池田亀鑑・岸上慎二 校注・訳（日本古典文学大系19『枕草子・紫式部日記』所収）岩波書店　一九五八年
・『枕草子』上・下　萩谷朴 校注・訳（新潮日本古典集成11・12）新潮社　一九七七年
・『枕草子』松尾聰　永井和子 校注・訳（新編日本古典文学全集18）小学館　一九九七年

＊底本は日本古典文学大系（岩波書店）によりました。

解題

藤本宗利

非和歌的表現を求めて

晩秋九月の二十日あまり、清少納言は長谷寺参詣の途中で、粗末な小家に泊まったという。大和の初瀬と言えば、当時はなかなかの長旅である。疲れ果てて寝入った人々の上に、窓から差し込む月の光が白々と映っている。胸に迫るような趣。それを見た彼女は、「こんな時にこそ、人は歌を詠むのですね」と述べる〈二一八段〉。「人は歌を詠むのですね」（原文は「人歌詠むかし」）ということは、つまり自分は歌を詠まないという主張を前提にしているもの言いである。それは取りも直さず、和歌ならざる形式による、新しい自己表現の創出を宣言するものなのであった。

確かに当時において、このような感慨を表現しようとすれば、それは三十一文字の定型で表すのが常套であった。『土佐日記』や『蜻蛉《かげろう》日記』などの優れた先達が、すでに散文で自己の思いの丈を綴って見せていたが、それとても書き手の感情の高まりの極点には、和歌が据えられ、散文はむしろその詠歌の経緯を述べる内容。言い換えれば和歌の詞書《ことばがき》の部分の増殖した性格を有しているのである。

ところが清少納言は、その和歌を除外して見せた。当時としては画期的な試みと言えよう。三十一文字の定型の代わりに、日常の言葉で、他の人たちが和歌に詠む感興を描き出したのである。したがって、この作品を一言で言い表せば、それは「散文で描かれた詩歌」ということになろう。

にもかかわらず、一般に『枕草子』は「随筆」として理解されている。

ちなみに、この作品がものされた西暦一〇〇〇年のころ、これに類する書き物は現れていなかった。先行例がなかったのだから、書き手も読み手も「随筆」などと意識していなかったことは確実であろう。

もとより和歌の集でないことは明らかだが、三〇七段・三〇八段のように歌語り的な内容の章段もある。三四段・三〇一段などは『土佐』『蜻蛉』の如き日記作品に近い見掛けであるが、だからと言ってこれで括ろうと思えば、四三段・六六段のように物の名を列挙した体の章段が、明らかにはみ出すことになる。

その「ものは尽くし」の形態の章段にしても、六四・六五段などは和歌の題でも並べたようで、これなど所謂「歌枕」という書物に近い性質だろうが、その一方で一六六・一六七段の如きはさながら「頭の体操」といった趣で、まったく異質の感がある。

このような「ものは尽くし」章段と並んで、短編物語の書き出しのような風情の一九三段・二〇〇段などが存在するという具合。こういう多様性を有した作品を括ろうとすれば、結局「随筆」ということに落ち着くことになろう。

「随筆」という読みの危険性

しかしながらこの作品を、「随筆」という枠にはめ込んでおいて、だからそこに書かれているものは、そのまま作者の好尚や価値観を表すと定義づけることは、甚だ危険な読みだと言わざるを得ない。たとえば八五段。「これぞ〝もののあわれ〟と伝わってくるもの」と言っておいて、洟《はな》を垂らしながらものを言う声と挙げて見せるこの表現を、清少納言の価値観だ、などと考えることが愚かしいのは自明であろう。

そもそも第一段にしてからが「春は、夜明け」と言って桜を採り上げず、「秋は、夕暮れ」としつつ紅葉に言及しない表現の不自然さは、誰の眼にも明らかであろう。それでもそれが個性だと強弁すればできなくはないが、作者自身が「鳥は」等の他章段において絶賛しているホトトギスを採り上げずに、夏の夜の風情を描く表現をして「作者の美意識」と見なすなど、どうしてもできないからである。

それならばこれは何かと言えば、それは和歌的伝統に対する挑発ということであろうか。愛してやまないホトトギスを黙殺してまで、和歌の規範性に抗って見せるこの姿勢は、まさに冒頭に掲げた二二八段とも通底する「差異化」の自己表現と言えよう。

それゆえ、この作品を読もうとする時、読者諸氏にはぜひとも注意して欲しいのである。それは「春は、夜明けが好き」という表現に出会ったら、それをそのまま鵜呑みにしないで欲しいということである。「どうして？」「桜じゃないの？」と反問しながら、主体的・対話的に作品と対峙して行くことが求められるのである。

人に異ならむと思ひ好める人

そう言えばこの作者は、中宮御前に作った雪の山がいつまで溶けずに残るかを賭けた時にも、他の人が十日間前後と予想したのに対して、ひと月近く残るだろうと言って、朋輩を驚かしたと言う〈八七段〉。他者と異なる表現で周囲を攪乱したいという欲求が、極めて高かったことが認められよう。

『紫式部日記』では、この作者を評して「かく人に異ならむと思ひ好める人」と言い、こういう目立ちたがり屋の末路はろくなことがないと吐き捨てている。その激烈過ぎる罵倒は、同じく一条天皇の御代に並び立って、しかもわずかに先行して活躍した清少納言に、比較されることの多かったであろう紫式部の、不快感・嫌悪感が色濃く投影されている点は看過できない。だが、そういう非難を受けるべき本質は、確かにこの作者にはあったということも否めないのである。

有名な「香炉《こうろ》峰《ほう》の雪」の風流譚〈二九九段〉にしてからが、普通なら「簾《すだれ》ヲ撥《かか》ゲテ看《み》ル」と言語表現するべきところを、この人はわざわざ立って行って、中宮御前の簾を高々と巻き上げて見せるのである。こういう芝居っ気たっぷりのパフォーマンスが、紫式部に言わせればいかにも派手派手しく軽薄な行為ということになろう。

しかしながらこうした「差異化」の表現が、少納言の周囲で否定的に見られていたわけでは決してない、ということも注意すべきであろう。同僚女房たちは、「中宮様にお仕えする人として、ふさわしい」と評しているし、定子中宮にしてからが、御簾《みす》を巻き上げられたことで外から丸見えになりかねない状況となったのに、それを詰《なじ》るでもなく笑っていたというのであるから。そこには「差異化」の表現に対する価値観をめぐって、主従の間の共鳴が認められるのである。いかに奇矯と見える言動であっても、それが『白氏文集《はくしもんじゅう》』や『古今和歌集』など、古詩・古歌を踏まえた風流なものであれば賞されるべき、という姿勢だと言えよう。

定子中宮における差異化

そもそも定子中宮自身が、「差異化」を心掛けていたらしいことは、『枕草子』の諸所から読み取れる。例えば九四段。灯火に照らされて、露わに姿が見られそうになった時、並みの女性であれば慌てて隠れようとするところを、この宮様は抱えていた琵琶を立てて、顔を隠したと言う。白楽天《はくらくてん》の「琵琶行」の一節を踏まえたその振る舞いが、頗《すこぶ》る佳《よ》い風情だったと清少納言は絶賛している。

また清水寺に参籠した作者のもとに、わざわざ草仮名《そうがな》（草書体の万葉仮名）で歌を詠んで贈ったという二四一段の例。普通ならば、流麗な連綿体の平仮名で書くところを、一見漢詩文の如き体の草仮名の手紙は、女性同士の文通わしとしては、異例であることは言うまでもない。おそらくは自身を男性に見立て、恋文の形態をもどいて少納言の帰参を促す意図を読み取るべきであろう。

だが定子中宮の「差異化」表現として、同時代の人々に最もよく知られていたのは、中宮が五節の舞姫を献上する際に見せた、抜群の手並みであろう〈九〇段〉。中宮は、本来神事に奉仕する人の着ける「小忌衣《おみごろも》」という装束を模した揃いの衣服を用意し、それを介添え役の女房全員に羽織らせたという。その斬新な着想は人々を驚かせ、殿上の話題をさらったというのである。

定子中宮という人は、こういう卓抜な発想で当時の宮廷のモードを牽引した。言わば一条朝のファッションリーダーだったのである。

中関白家の差異化の記録として

そうして彼女のそういう気質を涵養したのは、ほかならぬ父藤原道隆《みちたか》と母の高階貴子《たかしなのきし》とによって形成された、中関白家《なかのかんぱく》の気風であったことは疑いない。

道隆の陽気で磊落な人となりは、一〇四段・一八四段などに活写されているが、二七八段に描かれた、中宮御前に桜の造花を飾って見せた演出などを見ると、他者の耳目を驚かすのを好む性分であったことがうかがえる。

一方貴子はと言えば、『栄花物語』には「北の方など、宮仕へにならひたまへれば、いたう奥深なることをば、いとわろきものに思し」という考え方だったと描かれていて、それまで淑女の美徳とされてきた「奥深」を否定し、女性もどんどんと外に向かって発信してゆくべきだとする進歩的な発想の持ち主。

こういう気風の中で育ったからこそ、定子の後宮においては、それまで女性においては無用視され、忌避さえされていた漢文を進んで披露し、訪問客に対して積極的に応対するような知的で活発、開放的な振る舞いが目立った。先に挙げた香炉峰の雪の風流譚なども、そういう定子後宮の特徴的な気風の中での言動としてとらえなければなるまい。単に清少納言の衒学的姿勢の表れなどと読んでは、全く本質を見失うことになろう。

言い換えるなら「人に異ならむと思ひ好める」という『紫式部日記』の悪評は、こと清少納言のみに留まらず、定子後宮全体に当てはまる傾向だったと言えよう。しかしながら、式部の嫌悪感にもかかわらず、こうした「差異化」の生み出した気風は、『栄花物語』が「様々の喜び」「輝く藤壺」「鳥辺野」などの各巻で述べているごとく、当時の宮廷人からは、「いまめかし（目新しく華やいでいる）」という好評を得ていたのであった。

特に「輝く藤壺」「鳥辺野」の両巻は、中関白家没落以後、定子中宮が職《しき》の御曹司《みぞうし》や三条宮に住まいした時期を描いている点に注意したい。

世の中はすでに道長《みちなが》の天下である。左大臣たる権力に加え、さらに外戚《がいせき》の地位を目指して己が娘彰子の立后《りっこう》を狙う道長の圧力を受けながらも、定子が帝寵を専らにし、その後宮の気風が殿上人からの人気を失わなかった秘密は、おそらくこの後宮独自の斬新な魅力にあったのだろう。

惜しいことにこの特異な魅力を有した後宮は、定子中宮（「皇后」と改称されていたが）の早すぎる逝去によって、はかなく幕を閉じる結果となった。そうして彰子中宮の産んだ皇子たちを即位させることによって、道長が「望月の欠けたることもなし」と豪語する権勢をわがものとすることになったのは、歴史が語っていることである。

しかしその道長の圧迫にも屈することなく、この中宮が晩年の不遇時代においてさえ、「人に異な」った陽気さと才気煥発さとで、殿上の人気を集めるような後宮を、経営し続けたこともまた事実であった。

呉竹をたずさえて五月闇の御曹司を訪れた客人に向かって、竹の異名の「この君」

と応じたとして、少納言が殿上の話題になったことを、中宮が喜んだと述べて、「それが誰についてであっても、『殿上人が褒めていた』などとお聞きになると、中宮様は褒められた女房のことをお喜びになるのが、素晴らしいのでした」と記す〈一三七段〉。酒井氏のさりげなく気負いのない訳文の中に、この類稀な后《きさい》の宮《みや》の風雅の気骨を読み取って欲しいのである。

『枕草子』という作品は、まさに定子後宮の、そうしてその基盤となった中関白家の「差異化」の功績を記した記録として読むべき作品なのである。

（ふじもとむねとし／国文学者　平安朝文学）

本書は、二〇一六年一一月に小社から刊行された『枕草子／方丈記／徒然草』（池澤夏樹＝個人編集　日本文学全集07）より、「枕草子」の一段から一四二段を収録しました。文庫化にあたり、一部加筆修正し、書き下ろしの解題を加えました。

kawade bunko
古典新訳コレクション

枕草子《まくらのそうし》 上

二〇二四年 五 月一〇日 初版印刷
二〇二四年 五 月二〇日 初版発行

訳 者 酒井《さかい》順子《じゅんこ》
発行者 小野寺優
発行所 株式会社河出書房新社
〒一六二-八五四四
東京都新宿区東五軒町二-一三
電話〇三-三四〇四-八六一一（編集）
〇三-三四〇四-一二〇一（営業）
https://www.kawade.co.jp/

ロゴ・表紙デザイン 粟津潔
本文フォーマット 佐々木暁
本文組版 KAWADE DTP WORKS
印刷・製本 中央精版印刷株式会社

Printed in Japan ISBN978-4-309-42104-9

河出文庫 古典新訳コレクション

古事記 池澤夏樹[訳]
百人一首 小池昌代[訳]
竹取物語 森見登美彦[訳]
伊勢物語 川上弘美[訳]
源氏物語1〜8 角田光代[訳]
堤中納言物語 中島京子[訳]
土左日記 堀江敏幸[訳]
枕草子上・下 酒井順子[訳]
更級日記 江國香織[訳]
平家物語1〜4 古川日出男[訳]
日本霊異記・発心集 伊藤比呂美[訳]
宇治拾遺物語 町田康[訳]
方丈記・徒然草 高橋源一郎・内田樹[訳]
能・狂言 岡田利規[訳]
好色一代男 島田雅彦[訳]
雨月物語 円城塔[訳]
通言総籬 いとうせいこう[訳]
春色梅児誉美 島本理生[訳]
曾根崎心中 いとうせいこう[訳]
女殺油地獄 桜庭一樹[訳]
菅原伝授手習鑑 三浦しをん[訳]
義経千本桜 いしいしんじ[訳]
仮名手本忠臣蔵 松井今朝子[訳]
松尾芭蕉 おくのほそ道 松浦寿輝[選・訳]
与謝蕪村 辻原登[選]
小林一茶 長谷川櫂
近現代詩 池澤夏樹[選]
近現代短歌 穂村弘[選]
近現代俳句 小澤實[選]

*以後続巻
*内容は変更する場合もあります